中 阿 典 籍 互 译 出 版 工 程
مشروع تبادل الترجمة والنشر بين الصين والدول العربية

门槛边的女人们

نساء العتبات

［伊拉克］赫迪洁·侯赛因 著
叶萌 译

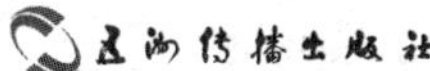

图书在版编目（C I P）数据

门槛边的女人们 /（伊拉克）哈迪娅·侯赛因著；
叶萌译．-- 北京：五洲传播出版社，2018.3（2023.6重印）
ISBN 978-7-5085-3918-8

Ⅰ．①门… Ⅱ．①哈… ②叶… Ⅲ．①长篇小说－伊
拉克－现代 Ⅳ．①I377.45

中国版本图书馆 CIP 数据核字（2018）第 084035 号

出 版 人：荆孝敏
责任编辑：姜　珊
助理编辑：杨　雪
装帧设计：管　斌
内文设计：高　洁

门槛边的女人们

作　　者：赫迪洁·侯赛因（伊拉克）
译　　者：叶　萌
出版发行：五洲传播出版社
地　　址：北京市海淀区北三环中路 31 号生产力大楼 B 座 6 层
邮　　编：100088
网　　址：www.cicc.org.cn www.thatsbooks.com
电　　话：010-82005927，010-82007837
印　　刷：三河市祥宏印务有限公司
开　　本：710mm×1000mm 1/16
印　　张：10.75
字　　数：140 千字
版　　次：2018 年 3 月第 1 版
印　　次：2023 年 6 月第 2 次印刷
书　　号：ISBN 978-7-5085-3918-8
定　　价：48.00 元

译序

小说《门槛边的女人们》对女性独立人格和自我觉醒意识进行了深入思考，审视了独裁主义下的人性。作者以伊拉克战争为背景、以小说主人公的视角记载了伊拉克现代史的决定性阶段，叙述了主人公逃往安曼后的人生处境和心路历程，回忆了上一代人——“门槛边的女人们”悲凉困苦而又无从选择的命运。她们每个人的故事在作者的记忆中都是悲剧的象征，故事和情节不断增多，最终都印证了女性在每一场属于男人的冒险中都是受害者的事实。但她们视痛苦如甘饴，把对不能再回来的男人的执着忠贞当作自己活着的证明。她们性格的缺陷、女性主体意识的未觉醒及自我人格的模糊，致使悲剧性的人生结局成为必然。主人公虽对其“哀其不幸，怒其不争”，但终究未能摆脱深植于心的思想根源。为了跳出阶级限制，过上富裕的生活，她自觉地将自我意识沉沦直至泯灭，选择通过男人实现梦想。当物质需求被满足时，她又开始追求精神需求，即自我的平等、灵魂的尊严等等。

在这部小说中，每一个女性都付出了她们的青春、梦想与自由。她们将命运寄托在男人身上，但是男人却没能帮助她们实现这个“梦”，就这样她们的灵魂在肉体死去之前就已经消亡了。艾麦乐、洁曼尔、法蒂玛、乌姆·阿德南、莎布莉叶等女性的名字都具有极高的象征意义。值得庆幸的是，作者在小说末尾表现出对冲破藩篱、摆脱禁锢的渴望，就算以放弃世俗利益、回归原属阶级为代价，也愿揭去蒙蔽双眼的绷带，重新审视内心世界。

这部小说不仅为女性呐喊，还涉及了如何去处理独裁主义遗留下的人道主义、社会和政治等一系列问题。它如同一部纪录片，充斥着悲伤、死亡和荒凉的画面，描绘了社会结构分崩离析、人民生灵涂炭、梦想灰飞烟灭的场景，揭露了政治专制主义的横行霸道和倒行逆施。所有人都活在日历中错误的一页里，活在错误的时间里：主人公的人生注定写满沉默、孤独和哀愁的字眼；“门槛边的女人们”的悲伤如同淤泥在她们心里堆积；一个痴迷于战争的领导人偶然登上了操控者的宝座，颠覆了民众的命运。人们在错误的时间付出了生命和未来的代价，打开了痛苦的移民、流亡和异化的大门。

小说以苏美尔地区广为流传的谚语“在苏美尔地区，只有穷人才沉默不语”开篇，折射出小说主人公多舛命运的缩影，更勾勒出深受灾难的民众悲剧性的人生轨迹。小说情节由此展开：主人公艾麦乐出生在巴格达的一条破旧街区，父亲在她未出世前就失踪了，去了战场再也没回来，母亲的余生都在等待和回忆丈夫的日子中度过。艾麦乐时常问自己：母亲对父亲的爱是不是熔入了灵魂，铸成了她的个性，让她变得是非不分？她为什么要将悲伤制成枷锁，禁锢日渐消逝的青春年华？父亲真的值得她去承受这些折磨吗？她渐渐厌倦了母亲关于父亲的“陈词滥调”，随着时间流逝，它们黯然褪色，变得无关紧要。唯有阅读能让她暂时远离徒劳的悲伤，她下决心从这一潭死水中逃离。一个叫贾巴尔·曼苏尔的男人出现在她的生命里，带她过上了另一种生活。贾巴尔是共和国卫队的高级军官，比她大30岁。尽管母亲执意反对，她还是嫁给了贾巴尔，不久后母亲就离世了。贾巴尔拥有实现她的梦想需要的“本钱”，能带来她一直梦想的生活。住到府邸后，胡同的嘈杂被府邸的宁静替代。艾麦乐撣去压在她心头的忧伤，永远告别了充斥着失望与厄运故事的一道道门槛。她告诉自己，母亲生前未尽的愿望弥补回来了。贾巴尔不让她单独出门、不让她和别人交往，为了不被从“金笼子”里赶出去，洁曼尔没有反抗，继续通过读书消磨大把时光。她努力说服自己，一个有这样的年纪、阅历和职位的男人，不可能说得不对，她不知道自己从何时起、又是如何变成了他想要的模样。

没过多久，伊拉克形势动荡，战争爆发在即，贾巴尔命令艾麦乐和佣人洁曼尔一起逃往安曼。

初到安曼，艾麦乐迷恋上了这里的一切。受够了沉默、寂静和停滞的她，需要这样的“疯狂”来感受生命的脉搏。她将安曼的逃亡之旅视作难得的独处机会，没有破旧街区里散发着霉味的老巷子，没有府邸的围墙和守卫，没有充斥着战争威胁的阴霾，她可以不受约束地为记忆增添新的内容。艾麦乐的心飞出了牢笼，然而有些东西仍然困扰着她:战争是真的会爆发，或者只是恐吓当局的把戏？万一战争爆发了，当权派怎么做？他们会像空洞的歌词写的那样顽强抵抗“直至最后一滴鲜血”，还是骨子里已没有了反抗敌人的血性？贾巴尔将遭遇什么？而她自己又将遭遇什么？日子一天天地过，艾麦乐和丈夫断了联系，她不得不节省开支，等待未知的一切。看着各个电视台有关伊拉克的新闻，她愈发心烦意乱，努力去抓一丝够得着的线，把她带回能让她摆脱贫穷焦虑的男人身边。她极力隐藏自己贫穷的过去，好不容易从充斥着贫穷、困苦的陈年旧事中逃生，现在却要再次被打回原形。但当她不得已要变卖掉一件件首饰时，贫穷似瘟疫再次袭来，渗入她的整个躯体。

随着战争愈演愈烈，艾麦乐和洁曼尔的关系悄然间发生了变化。来安曼之前，她对洁曼尔的故事一无所知，两人保持着主仆间应有的距离。但当国难同时降临在富人和穷人头上，命运的天平似乎被拨向了对洁曼尔有利的方向。艾麦乐的主角光环开始黯淡，导演不再听她发号施令。洁曼尔与她争夺剩下的戏份，抢走了她的镜头。洁曼尔生在贫苦人家，全家都是谢赫的财产。为了不被纳入谢赫成群的妻妾，全家人选择了逃亡。逃到巴格达后，她邂逅了深爱的马吉德·麦尔胡尼，两人步入婚姻。再后来，马吉德因病去世离开了她。在她失去丈夫、生活窘迫之际，是贾巴尔把她带到了府邸，她把他视作救命恩人。过去的回忆对洁曼尔而言，是止痛不治痛的药，但对艾麦乐而言，却是涂了毒的剑，只会让结了痂的伤口化脓。听洁曼尔倾诉过往时，她也曾试图敞开心扉，把封存的“遗物”向她倾诉。它们或许是她虚伪的高傲所剩无几的残余，日日夜夜地压迫控制着她。但一想到没准有一天能回到巴格达，主人继续发号施令，仆人接着俯首帖耳，她就选择了忍受和沉默，只是将剽窃的家庭史小说故事讲给洁曼尔听：一夜间由“烈士母亲”变成“叛徒母亲”的法蒂玛，丧夫丧子、靠抚恤金过活的乌姆·阿德南，冲破氏族枷锁嫁给心上人、却在婚后不到一年提出离婚的莎布莉叶…… 艾麦乐开始不自觉地怀念门槛边的日子，甚至想过回到巴格达后，去那些门槛看看，将女人们心中掺杂的沮丧、炽热、幻想和痛苦将给门槛听。她忍不住想：我是否能嗅到乌姆·阿德南身上的鱼腥味，嗅到残留在我母亲记忆中那陈年的爱恋？我是否能读懂法蒂玛眼神中的忧伤，是否能明了莎卜莉叶心中藏着的秘密？要是我从母亲的衣柜中取出她的婚纱，披在身上，我或许会痛哭一场。如果承认自己止不住地想念那些门槛，曾经的骄傲是否由此坍塌？

在同洁曼尔相依为命的日子里，艾麦乐第一次拿洁曼尔同自己做了对比。她诧于洁曼尔身上不曾被发现的一面：她坦诚透彻，眷恋过去生活的点点滴滴；她安分知足，祖国给她的不多，她却对祖国牵肠挂肚；她敢爱敢恨，对战争中无辜丧生的民众充满同情，对腐朽的统治阶级深恶痛绝。相比之下，艾麦乐发觉自己如脆弱、游离的散沙，总是妄自尊大，逃避内心，不愿袒露真实的自己。也许，她需要一次奇迹降临，让她抵达内心深处，寻见心灵的指南针——有了它，她将看见应看到的一切，没有幻想、隔阂或束缚，尔后心平气和地与内心握手言和。

一切都结束了。美军坦克开进伊拉克，控制了巴格达和大多数城市。几小时内，天堂广场的总统雕像被美军推倒，三十五年的统治就此终结。人们带着震惊、好奇和难以置信的心情走上街欢呼喝彩，但又疑惧、困惑、担心接下来会发生什么——那是一种难以形容的状态，各种特征都不确定，它掺杂着久违的喜悦、喷薄的情感、对未来的恐惧和难以言状的混乱。国家失去了管制，困在灵魂之瓶中的魔鬼被放了出来，偷盗行为十分猖獗。偷盗者们饱受贫穷折磨和战争侵蚀，已经忍无可忍，于是选择踏上这条路，弥补被剥夺的岁月。

第二天一早，艾麦乐和洁曼尔就决定动身回巴格达。接下来会发生什么？等待着主人公的是什么命运？一切都不得而知。脑海中的画面纷繁错杂，有一幕，贾巴尔惊恐的面孔纠缠着她，她感到自己站在他的头颅旁，头颅已被从身体砍下来了。她不确定自己是否说出了那句：我自由了。另一幕，艾麦乐看见自己坐在母亲家的门槛边，独自对着想象中的女人们讲述她的故事，而她们在编织悲伤的纺织机上织着她们的故事。

（叶萌，毕业于北京第二外国语学院，曾就读于约旦大学。）

目录

启示

那是一瞬间闪过的光芒，我突然来了灵感，在纸上展开《门槛边的女人们》这本小说。丽伽·穆萨教授（执教于巴格达女子教育学院当代文学系）曾联系我说，她让学生读了小说《去往他们的路上》…… 挂断电话时，我不禁想：丽伽教授为什么刚好选了那本小说呢？究竟是什么吸引了她？这一疑问让我重读了一遍这本 2004 年出版的小说，想在字里行间寻找答案。然而，我一读完就忘了这回事，因为萌生了创作小说《门槛边的女人们》这一念头。我对《去往他们的路上》中的小艾麦乐这一人物存有诸多疑问，她在贯穿小说的各种情节中并未出现，直到后半部分才出场。小艾麦乐与小说主人公、年幼夭折的小姨“艾麦乐”同名，她孤苦伶仃，不见踪影。

她究竟遭遇了什么？她是如何生活的？这个世道是怎么折磨她的？诸多问题一涌而出。接下来短短几天里，小艾麦乐一直住在我的脑海里，跟随我的脚步，跟我一起睡觉，致使我失眠，她喊着要我写她。我和她一起为憧憬美好生活但处境悲惨的民众写故事，写他们的死亡和毁灭。

尽管不读《去往他们的路上》不会影响阅读《门槛边的女人们》，我还是建议尊敬的读者——如果可能的话——在读这本小说前先读读《去往他们的路上》，了解一下小艾麦乐的身世和塑造其人生观的遭遇。

在苏美尔地区，只有穷人才沉默不语。

——苏美尔地区谚语

一

从我由巴格达逃往安曼，到天堂广场的萨达姆像被推倒，只有差不多三个月时间，然而这段日子凝结的沧桑相当于多年，它承载着凝固的鲜血、蹒跚的步履，记载了一群任凭思念在家园门槛边和泥泞小道上流淌的女人们，还有一个跟我同名的女人——她桀骜不驯，或许她发现了生活的另一种滋味。

在从安曼回巴格达的广袤沙路上，未知的未来让我恐惧，我竭力压抑了想哭的冲动。过去的生活如同“制作的拙劣影片”回头看时，我流不出泪。

我坐在副驾驶座上，洁曼尔因为身体不适躺在后排座上。我望着只有我一人能看到的后视镜，它忽疾忽缓地闪烁着，呈现出我身后的过往，一切都好像刚刚发生。

汽车开得比野外公路上限定的平常速度要快很多，就怕遇上陌生人，发生各种意想不到的可能。我们穿过特雷比勒，一路畅通。边境是开放的，口岸管理处无人看守，没人要求出示护照或询问盘查。很多车自顾自地开走了，少数沿着主路行驶，另一些进入了其他道路，躲开遭遇伤害的风险。

司机还是遵从了我的要求：

“不放录音机或收音机，我就付双倍价钱。”

我忘了规定他别抽烟,这样一路上只好忍受烟味。他一抽烟，我就摇开右手边的车窗，散一散令人不快的烟味。

我靠在椅背上，脑海中开始回放已然根深蒂固的“影片”。在其中，我化身为主人公，命令参与我这段特殊记忆的导演，在未与我商量之前，不得剪掉任何场景。等到导演的存在变得无足轻重时，他便消失了。我独自从一个时空起身、走动，跳到另一个时空，找寻支离破碎的自我。

我坐在这个地方，能听到脑海中萦绕的声音，能看到记忆中画面闪烁的场景。回忆如此清晰，往昔奔涌，从我内心渗透、滴入遗忘之中。

回忆就像在播放胶片，一开始扭曲乱跳，接着恢复了正常状态。此后，我躺在特拉阿·艾拉区一座豪华大厦2号套房里的床上，由此开始我真正的故事。

一个跟平时同样沉闷的夜晚，睡意也一如既往姗姗来迟，我埋在被子里看一本小说，随着它一点点展开，我有种被雷击的感觉。我蜷缩起来，活像被精灵摸到了魂，或被恶魔抽打过，直到浑身骨头散架。

我从床上跳起，拉开窗帘，望向窗外：安曼的夜色潜藏在城市层层叠叠之间，迷雾笼罩了一切，房屋、树木、电线杆，等等，一切界限由此消失。我从未经历过这样的夜晚，漆黑一团、迷雾重重。看不见的魔爪抓挠着我的心，让我透不过气来……跟我在小说中读到的不一样。

我回到床上，拿起小说。或近或远的任何可能的动静，哪怕是住在隔壁房间的洁曼尔的脚步声也会让我恐惧不安。我掐了掐自己，注意到自己的呼吸开始紊乱，这样确认一下自己不是纸人，而是有血有肉有情感的人类。

我又读了几行，感到有钉子从字里行间蹦出来，有眼睛瞪着我，像黑暗中猫儿的眼睛，或是巴格达观赏鱼池中被我放生的那些鱼的眼睛，鱼嘴微张，就像人在求救。我寻找着答案，艰难得如同从一大堆干草堆里寻觅一根针。

这本讲述我家族史的小说是我两天前从老城一家书店偶然买到的，实际上我对作者一无所知，只知道她是伊拉克作家，两年前去世了。兴许是封底上有关孤独、空虚与沉默的文字吸引了我，这正是丈夫让我逃难到了安曼后我的状态。

我丈夫是共和国卫队高级军官，名叫贾巴尔·曼苏尔，比我大 30 岁。我嫁给他时处境很不容易，这些我在后文再述。那天他一反常态，上午就从办公室回了家，忧心忡忡的，满脸愁容。他用命令手下士兵的口吻坚定地说：

“你和洁曼尔，赶紧准备，收拾行李，拿点衣服。”

那时形势动荡，有可能爆发战争，很难待下去。我以为他想让我离开我们这个离总统府太近的家，却听到他说：

“你去安曼吧。”

贾巴尔说这话时，洁曼尔就在我身旁，随即他走向了书房。这突如其来的意外让我震惊，我从未离开过伊拉克，从未去过任何其他国家。洁曼尔满脸皱纹里写满了惊诧，她问我：

“为什么去安曼？”

我也不知道缘由，只好对她说：

“看来快要打起来了。”

她刚想说点什么却闭嘴了，贾巴尔走了出来。他脸上愁云密布，远比我在那些紧迫时刻能意识到的更多。看到我们还站在原地，他大声喝道：

“你们还站在那儿干什么？快点，时间不多了。”

接着，他又想起来：

“拿上证件。”

电话铃响了，贾巴尔快速走进书房，我赶紧跑到二楼卧室，拿了一个包，很快把一些自己需要的衣服和证件塞进去，穿上灰色衬衫和牛仔裤，披上黑色皮夹克。从房间到旁边的客厅，我的小书房和邻近的鱼缸闯进视线。我迅速地扫了一眼那堆书，拿起伊莎贝尔·阿连德的《幸运姑娘》，但愿在这场意外之旅中，幸运能伴随我。我走近玻璃鱼缸，仔细打量着即将分别的这些五彩斑斓的鱼儿，向它们道别，它们似乎跟我一样惊慌。我怕此行太久，仔细打量着每条鱼，给每条鱼在记忆中划定一个专门的地方……一条紫色带黑条纹、有弯鳍的；一条深绿色、带着紫色眼珠的；一条银色带斑点的、另一条银色带圆点的；两条黑色的、三条红色的……我观察着，觉得它们似乎比平时游得快，浮上来又跑开，迅速藏到贝壳后，或卵石、蜗牛后面。接着，我发现我喜欢的那条金色小鱼死了，浮在水面上……我的视线在书房和鱼缸之间来回移动，一边走一边说：

"再见了，朋友们。你们一直是我在'舒适牢房'里最好的支持。"

洁曼尔一直在等我，满脸惶恐。她穿着黑长袍和黑色木鞋，手提着一个厚布包，里面放了一些自己的必需品。她一手接过我的包，这时贾巴尔从书房走了出来。我问他：

"我们没有护照，怎么去安曼？"

他眼中闪过一丝不屑：

"你别管，一切都准备好了？出发吧！"

他走在前面，我俩紧跟着。他的脚步重重敲踩在走廊石板，发出的声音就像老式时钟的钟摆撞击生锈的岁月。洁曼尔一路踉踉跄跄，幸亏我扶住了她，不然就摔倒在地。我听见她小声念叨着：

"真主保佑。"

门口停着贾巴尔的军车，后面有一辆民用车。命令我上第二辆车之前，他对我说话，这次语气平缓了：

"放心吧，用不了多久你就回来了，你待在这儿我不放心。"

"那边我一个人都不认识。"

"一个叫祖海尔的人会去接你，有什么事找他就行。"

"我怎么跟他联系上？"

"他会举块牌子，上面写着你名字。我在指挥部有个紧急会议。”

“到底怎么回事？”

贾巴尔没理会这个问题，亲了一下我的额头。随后他转向洁曼尔，用食指勾起她的脸，提醒道：

“洁曼尔，你得拼死保护太太的，要是有什么闪失，你得负责，明白了么？”

洁曼尔顺从地回答：

“明白，先生。”

他从上衣口袋里掏出一叠美元，塞进我的手提包，重复道：

“放心吧，别担心，你会尽早回来的。”

顺着他的手一指，我走向第二辆车。司机打开后备厢，把装衣服的包塞了进去，然后打开车门。我坐在司机旁边，洁曼尔坐在后排。

我扫了一眼周围，不知道自己能否再回到这座府邸，高耸的大门、从篱笆后面探出头眺望远方的橘子树和桃树，我丈夫跟一个身穿橄榄绿衣服的男人站在一起，那人像只老鼠正在俯首帖耳接受命令。过了一分钟，老鼠向我们走来，拿着两本护照递给司机，命令说：

“马上去机场。”

天空蒙着一层薄薄的灰尘，传来乌鸦嘶哑的叫声。我不清楚乌鸦是在空中盘旋，还是在我灵魂深处拍打翅膀……

战争是要来了，可为什么贾巴尔非要让我逃到国外呢？把我送到巴格达的一个安全地方，或者其他城市不是更好吗？难道国内高官及其家属的特别庇护所不够安全？他接着也将逃走，追随我？我丈夫脑子里在想些什么？这些我都不知道，很久之后我才得到了明确答案，期间经历了一落千丈的艰难生活。

机场沿路布满了检查哨所和监控点，不过司机刚一出示证件，我们就即刻被准予通行。我们到候机厅时，发现大批家属已经早到了。据我所知，因为封锁，飞机航班无法执行。这次情况不同，一定是某方面打开禁令，开了绿灯。

孩子们的喧嚣、吵闹、叫喊，载着鼓囊囊行李的推车吱吱呀呀，现场一片混乱。我的包不需要手推车，司机手拎着它，走进来，跟一名机场安保人员说了几句，安保人员指着我们要走的方向，人群快速、慌张地攒动着，你推我搡。另一名安保人员不停地喊：

"女士们，请排队，守秩序，不要着急！战争还没来，但愿不会来。"

女人们打扮得很整齐，像要出席婚礼似的，厚厚的粉底也无法掩饰脸上的困惑。我不断听到断断续续的聊天说，有些家庭飞去伦敦，有些飞去巴黎，还有些飞去柏林……孩子们欢呼雀跃、你追我打。

我们到了海关护照盖章处，跟司机告别。所有手续都以超常速度办完了。我们登上飞机时，正好是中午。空姐局促不安地讲解完注意事项后，我们系好了安全带。洁曼尔不知道怎么系安全带，显得有些狼狈。她笑着低声说：

"早知道把我妈的羊毛腰带带上了。"

我没搭话，替她系好安全带。过了一会儿，飞机开始在跑道上滑行，随即发出轰鸣声，起飞了。洁曼尔紧紧抓着我的手，开始颤抖，念叨着：

“真主保佑，这是一场什么灾祸啊？”

我试着安抚她，却没有效果。她一直低喃着《古兰经》经文，时不时握紧我的手。而我开始望向窗外，似乎想抓住什么，却知道抓不到。房屋开始变小，物体变矮，街道成了一条条细线，车辆如同孩子们的玩具，而绿地的颜色先变成一种奇怪的颜色，然后变成暗灰色。飞机轰鸣声消失后，进入了平稳飞行，如同在地面行驶。接着乘客们开始喧闹，谈话的内容全跟战争有关。我什么也不想听，甚至不想和洁曼尔说话。她一直问我：战争真的会来吗？先生为什么没有让他姐姐乌姆·鲁阿伊和我们一起走？我们要在安曼待多久？这些问题我都没法回答，只有一句：不知道。我开始沉默，假装睡着了，这样即便她说话我也听不见。

当我进入沉默的空间，周围的一切都消失了。我在脑海中勾勒出一个缺口，把自己藏身其后，徜徉于另一个世界……我学会了沉默，确切地说，很久以来我都在练习沉默，它成了我性格的一部分。久而久之它有了自己铿锵的语言——除了我自己，没人能听到。

读着我的家族被剽窃被篡改的历史，我太震惊了，字里行间的移动如同一个人在荆棘上举步维艰。我试图在字里行间寻找一丝我和作者的联系，却没找到。小说很短，我不到两小时就读完了。我这个人物在小说结尾才匆匆一闪而过，于是我这样理解:作者不太喜欢我,我却恰巧和最重要的女主人公重名(艾麦乐)，因此她想要摆脱我。我只是大背景下的一个小故事，大故事的主人公是一个夭折的小女孩，灵魂一直飘荡在她生前生活的街区周围。这个小女孩就是我的小姨，早在我出生前她就死了，当时她姐姐索菲亚（即我妈妈）才 6 岁。从我小时候起，她的幽灵就追着我，因为妈妈不停地提起她，说起她短暂的生命和令人痛苦的夭折。小说中，我父亲死于两伊战争①。母亲巨大的悲伤甚至让我也淹没其中。她反复对我说：你就是我的艾麦乐，就是我的希望，安心睡吧。我假装睡着，她从床边离开，这时我看到小姨的幽灵像天使一样在我周围飘动。我一点也不畏惧，因为母亲总是告诉我，艾麦乐小姨守护着我，不让我受丁点伤害，给我带来好运……但事实并非如此，后来那个幽灵生出了蝙蝠的翅膀，将我拖进了深渊，从此我睡不安稳，浑身关节发抖，作者丝毫没有提到这些。

小说一开始很详细地描写了艾麦乐夭折的场景，之后幽灵回到她生前的家中，回到家人和儿时玩伴的身边，她是那样的依恋姐姐索菲亚，然而没人能看见她。作者通过那个幽灵讲述了小姑娘死后几年国家发生的各种大大小小的变化，如同她活

---

① 译者注: 两伊战争(英语: Iran-Iraq War)，又称为第一次波斯湾战争，伊朗称为伊拉克入侵战争、神圣抗战、或伊朗革命战争，伊拉克称为萨达姆的卡迪西亚，是发生在伊朗和伊拉克之间的一场长达 8 年的边境战争。

着见证的：战争、民众的担忧、军事化的生活、死者亲人的恐惧，男人们奔赴前线后，要么牺牲了，要么伤残了回来，要么失踪……小说中不乏爱情故事，不过全以逃亡或死亡收场。作者集中刻画了死去的小女孩、我母亲、我外婆和一些邻居等人物形象，再现了他们无从选择的人生轨迹。后来晚辈中的一些人物生于战争年代，饱受苦难。到小说最后，我出场了，作者笔下的我叛逆无道，因贪图荣华富贵执意嫁给了比我大三十岁的军官，这一忤逆是造成我母亲去世的原因之一。显然，我成了一个不孝之女、忤逆之人，如同笔直大树上生出的斜枝……我真的是这样吗？

在深沉的午夜，距离如此遥远的我扪心自问，答案就是否定的。没错，我的确艳羡富贵，内心排斥母亲的愁苦悲伤和灵魂苍白，但我从来绝对不是不孝之女或忤逆之人。无法和同龄青年交流的我也许无意识地在贾巴尔身上寻找已故父亲的影子，我也的确厌倦了有关父亲——那个我只从挂在客厅墙上的照片见到的男人的故事，厌倦了母亲和她的朋友们碎碎唠叨没了男人的日子，这一点作者并没有深入探究，仅仅轻描淡写带过，她着重用笔墨讽刺我执意嫁给了一个老男人。

我的确曾刻意和男生，尤其是大学男同学保持距离，他们没人能给我安全感，替我实现梦想。实现梦想需要“本钱”，那种本钱不是这些人能支撑得起的，一毕业等着他们的是军训训练营。我也没有从他们身上找到符合我梦想中男人的特质，通常我只在喜欢的电影和小说中才能找到。当贾巴尔出现在我的生活中时，我的眼里就容不下其他男人。这并非因为他像我的梦想中的男人，二者并没有相似之处，而是因为他许多地方吸引了我，能带给我想要的生活。他四十五六岁，不怒自威、话语不多，声音深沉稳重，他能带来我一直梦想的生活。我告诉自己，母亲在童年和青年时失去的愿望弥补回来了，通过我实现了，这也是对那个死去的小姑娘，母亲失去的那个男人的一种弥补……这就是命运吧，它来赎罪弥补过失、厚待"小艾麦乐"，我只需脱去贫穷的外壳，披上麂皮大衣。

那天贾巴尔一身军装，肩章闪闪发光。我正站在公交站候车亭下，准备去学校，雨下个不停，天空看样子还有大雨。他的车在我附近停下。他摇下车窗，喊我的名字，说要送我。尽管很多年前他就搬出了我们街区，我还是认识他的。带着一点尴尬和些许不安，我接受了邀请，这是我第一次接受一个男人的邀请。从那天起，我开始改变了原先设定的标准，重新安排，各种权衡。他的威严、优雅的银发、肩上闪光的星星俘虏了我。

那时候我们——我和母亲——就像是生活在一条漏船上。母亲的悲伤如大海，历来汹涌不绝，我担心自己会被淹死，于是我选择一名熟练的水手来拯救我的梦想，把我带到安全陆地。母亲坚决反对，我并没有以死相抗，最终母亲不得不妥协。小说作者极大地夸张了我和母亲间的冲突，事实上问题并没到关系决裂的地步。不过，这倒让我想起记忆中一件遥远的往事。贾巴尔的儿子沃萨姆曾骚扰过我，当时我们年纪都很小，他把我拉到路上一个角落里，用手掀起我的上衣，我尖叫着，推开他，往家跑，把事情告诉了母亲。母亲怒冲冲地往贾巴尔家奔去，去告他儿子的状，贾巴尔刚在第一个胡同口从军车上下来，母亲对他吼道：

“才九岁的小孩就敢掀我女儿的衣服，等他到了二十岁，会干出些什么事来？”

我不太确定，是不是像小说中写的那样——贾巴尔用放肆的眼光打量着我母亲，或许那是母亲的臆断或幻想，她对所有男人一直心存疑惧；又或许是我年龄尚小，没能读懂那种眼神的含义。这并不重要，但我没想到作者竟深入地挖掘了母亲的内心活动，揭露了她所有的冲动情绪和琐碎杂念。我不理解作者为何就此表面化、肤浅地判断我的性格，不给我辩护的权利，也不尊重我的选择。她完全倾向于我母亲的想法，让她扮演了戏份过重的角色。在她看来，我就是一个自私自利、利欲熏心的女孩，可是她只说对了一半。作者以我母亲突然离世给小说收场，她将此罪责归咎于我执意要嫁给贾巴尔。她又回到那个夭折的小女孩，其幽灵扼杀了剩下的活人。小说以死亡开篇，也以死亡收尾，把我置于漆黑的暗道，并夺走了原本给我照亮的一丝希望。

客观地说，婚后几年的故事（小说中未提及）是一种注定的结局。作者只用暗示，无须直言，或许她不知道，仅仅写了我跟贾巴尔结婚之前的一些事，并不知道我在那座府邸里如何生活。她相信所谓的命运，所以才会说：不管我们愿意与否，不管我们是揭开事实或选择遗忘，命运都是上天注定的。生命中所有的事与愿违都是我们选择的映射，对也好，错也罢，那些选择有时会无缘由地脱离命运既定的轨迹。

小说极具悲剧色彩，挤压着我的心脏，捶打着我的脑袋，一个个问号如同一把把斧头，那些令人痛苦的问题没有答案。如果我没找到这本小说，发现其中内容，就不会有必要如今动笔写这部小说，真实地讲述我经历的过往和依旧炙热的回忆。但愿另外某个女作家选取素材时能忠于它，不要忽略我的感受。

二

我嫁给贾巴尔的时候，没有婚礼、没有洁白的婚纱、没有装点着玫瑰的婚车,没有敲锣打鼓载歌载舞,没有亲戚朋友出席，甚至连他唯一的家人——姐姐乌姆·鲁阿伊也没到场。我嫁给了他，像他的猎物一样，内心的矛盾难以平复：一方面我梦想的种种形式破灭了；另一方面又满足于我要过上了超乎期待的生活。

我走进府邸，从此就是它的女主人了。府邸很大，由两名士兵轮流看守。它从吊桥这边俯瞰流经卡拉达区的底格里斯河；府邸共有上下两层，正面由大理石石柱支撑着，石柱顶端如手掌形状抓着前阳台的顶棚，四周高高的地基上匍匐着张着嘴的石狮。外部围栏上雕刻着山形花边，被红白色花朵相映成趣的夹竹桃树包围着，还有一排排桃树、橘子树和苦橙树。枝叶繁茂的绿树环绕着铺满草坪的大花园，中间的喷泉带有红色围栏，水从一个貌似罗马女人的雕像胸部喷出。

我走在郁郁葱葱的长廊上，贾巴尔走在我前面。铺满红色石板的长廊通向府邸，紫薇树和茉莉花树簇拥在两旁，一穿过长廊，我就把跟过去有关的一切都抹去。从我母亲家到这座府邸，开车用不了多久，然而空气不一样了，整个世界都改变了它原本的粗糙，为我敞开了层层云霄的大门……我离开母亲家，掸掉了她那些粘着我的忧伤，胡同的嘈杂被府邸的宁静替代，永远踏过了那些充斥着失望与厄运故事的一道道门槛。我决心从今往后，要给清空了杂质的大脑中填充新的故事，完全变得就像来到世上的新生儿一样，每发现一样新鲜事物，就写入有关记忆。

走廊很多，房间不少，客厅宽敞。我在集市上没见过的沙发、地毯、古董、水晶吊灯、银把手、天鹅绒窗帘、家具等等，各个角落都散发着奢华的气息。每看一样东西，我都眼花缭乱，在心里默念：再见了，小土路；再见了，阴郁的门槛；再见了，充满痛苦的故事，还有那旧房子的气味……如今我像一朵花迎接新生，幻想自己是远古时期的公主，走进了一座神奇的迷宫，过着一生最甜美的日子。

贾巴尔领着我，从这个豪华角落到那个奢侈角落，我一直在暗想：共和国卫队军官的府邸都如此奢华，散布在伊拉克各城市的总统行宫究竟成什么样呢？

府邸里有一点让我不太满意，就是一个库房里摆放着剑、匕首、枪和刺刀，四周围绕着羚羊头和鹞鹰标本，足足占了一米半到两米宽的一角。贾巴尔看我有些害怕，告诉我说：它们都是装饰品。后来我对它们视而不见，渐渐淡忘，似乎它们不存在。

六间卧室、四间盥洗室、比我家还大的厨房、橡木柜、各种尺寸的法国特福锅、水晶杯、中国瓷盘。我抚摸着瓷盘，想起了母亲家的铝制盘子、简单的陈设以及底部生锈带着补丁的厨具。

鲜有客人来访的客厅，正对着沙发的地方是一面墙，墙上有两层低低的架子，上面一层摆放着贾巴尔在之前战役中获得的各种奖牌勋章。我忍住了没问那个问题，我害怕它从自己脑海中冒出来，毫无疑问带着我母亲的语调：这一块块勋章上沾了多少鲜血啊？为了自己不被从“天堂”赶走，我很快便把这个问题赶得远远的。

几个月之后我的惊诧消失了，对眼前景象淡然处之，不再有任何东西让我感到炫目，却清楚地看见了我自愿进去的“笼子”，把钥匙都扔进了深海……为了缓解这一词语对内心的刺激，我当时告诉自己：没关系，那是一只金笼子啊。大家不是对新婚的人说她进了金笼子吗，对我来说这不是场面上随口说说的话，我真的进了一只金笼子啊。

我捂住耳朵，不去听内心深处的呼唤——那个会把我拉回贫苦生活的声音。同时，我封锁了脑海中有关过去的匣子，甚至否认过去的存在。我终日躲在围墙里，生怕一出去就有人把我赶走。

然而笼子开始让我透不过气来，好像有只小鸟在内心焦急地扑腾着翅膀，除了我自己没人听它说话……包括洁曼尔——贾巴尔从沙瓦卡劳工集市请来服侍我的寡妇也听不见我内心的声音。我只字不提，她怎么可能听得见我心底掠过的一切呢？确切地说，我害怕在她面前吐露心声，因为遵照贾巴尔的命令，我得戴着面具过活：

“你俩要保持距离，你是这儿的女主人，别忘了这一点。”

她很明白分寸。一个四十来岁的淳朴女人，清瘦，褐色皮肤，说话声低沉，走起路来几乎没有声音。

时光开始捉弄府邸的女主人，它如同停滞了一般伸着懒腰，积蓄着不安与烦躁，漫长得让我感到压抑。我尝试用各种方法打发时间：坐在鱼缸旁，看鱼儿快速地穿梭，看它们鳞光闪闪的身子、交织的条纹色彩、玻璃球似的眼睛以及微张的嘴巴……我在家具之间走来走去，把这件古董从这儿搬到那儿……眺望窗外，农夫埋头修剪树枝、播种植物、清除枯草。只有等他完工离开后，我才敢走进花园，这一点也是贾巴尔的严格指令。进了花园，我独自一人享受鸟语花香……我真正的乐趣在于阅读。时针都不愿转动的乏味日子里，我拿出从母亲家带来的小说或任何一本书开始阅读。我没有放弃阅读的习惯，对它的热爱丝毫未减。有的小说我读了很多遍，为的是空闲时不去想过去的悲伤。读累了，就往收音机里塞一盘雅尼的磁带，随着他一起遨游一小时，接着就安静下来。尽管如此，白天的时光仍然捉弄着我，让我心烦意乱。

有一次，我鼓起勇气向贾巴尔吐露了一些心声：

"闲得太闷了，我不知道做什么。"

看他眉头紧锁，瞪着我，我接着说：

"我知道你很忙，你不在的时候我想看看书打发时间。你不让我去集市和书店，除非有你陪同。你又不能经常陪我，因为……"

他做了个手势，似乎想让我闭嘴：

"你怎么不读这些书？"

他指着客厅对面走廊墙面上的小架子，里面有关于党派的小册子、政治书籍，以及政治家的回忆录。我刚进府邸时曾经匆匆扫过一眼……我回答道：

“我喜欢小说和故事集，尤其是世界名著。政治类的我不感兴趣。”

或许我的话让贾巴尔有些生气，他板起了脸，说：

“行了，明天你就会得到一些小说的，我一有空就陪你去书店挑你爱看的书。”

我在笼子里磨蹭着，它不再是金色的，颜色开始接近铜色，还有一层薄薄的锈迹。我不明白贾巴尔为什么要以这种方式让我与外界隔绝，哪怕是官员太太们经常出席的正式场合，也让我离得远远的，总说那些不适合我，他什么意思？我不明白。他把美发厅的女老板叫到家里来，精油沐浴、洁肤、美甲、按摩……服装店也这样上门来。他反复告诫我不要沉迷于个人琐事。我很少出门，罕见的几次都由他陪伴。除了他讲自己工作责任如何重大，我们之间无话可谈，连透露那些责任性质的任何细节都不会提到。有时他带我去看望在耶尔穆克的姐姐乌姆·鲁阿伊。我装作很欣喜，尽管觉得他姐姐对我到她家并不高兴。每次我们去她那儿，一半时间她都在责怪贾巴尔没有尽职尽责，没有问候她，甚至连电话都没打。贾巴尔想方设法地哄她开心，说自己工作繁忙，还让我作证：

“你问问她，我经常一个星期都不在，能怎么办？”

他亲吻她的手，拍她的肩，她却推开他的手：

“不，你就是把我忘了，你有新天地了。”

说这话时，她瞥了我一眼。贾巴尔笑着对她发誓：

“真的没有，你是我亲爱的、尊贵的姐姐，没人能占据你在我心中的位置。”

趁着贾巴尔忙别的事时，她就跟我耳语道：

“他第一个老婆郁闷死掉的，儿子也走了，到处流浪，之后就没了音讯。”

我有些郁闷，也只能忍着，分分秒秒计算着离开她家回去的时间，宁愿跟小说故事、鱼缸里的虚拟伙伴在一起，蜷缩在我的“笼子”里。

就像他答应我的那样。我听到汽车声后，从窗户里望向府邸大门，只见侍卫接过了一个小纸箱。过了一会儿，洁曼尔把纸箱拿到我这儿，里面有一些小说。我高兴得像第一次收到玩具的小孩，把它抱入怀中，至少接下来几周里，白天的时间不再漫长。我开始读书，活在人物的梦想里，随心所欲地改写着他们的命运，还把一些句子摘抄在小本子上或者在句子下面划上线。只有贾巴尔回来时我才会放下书，但他最近这几个月每天只在家待一两个小时，有时甚至一连两三天不回来。对于他那些任务，我一无所知，也不想知道，而从他那方面来说，他对一切都守口如瓶，或是不想拿任何无关之事烦扰我。有几次洁曼尔打断了我全神贯注的阅读，问我想吃什么喝什么，我头也不抬地说：什么都行。最后一本书还没读完，又一波新书到了。贾巴尔终于找到了让我淡忘外部世界的方式，他一直设法让我与之隔绝。

一天早上，他突然打电话说中午回来，午餐后陪我去书店。我们在穆太奈比大街逛了逛，我挑选自己喜欢的，他没干涉，既没提什么条件限制我该怎么挑选，也没检查我已经挑选好的，对于图书数量或价格没做规定，他坐在书店老板旁边聊天。我走向弥漫着各个历史时期香气的书架，尽情挑选。就这样，我在家里的小书房逐渐充实起来。我只需遵循和贾巴尔相处的固定规矩，不参与和我无关的事务，避开一切他不愿我接触的事情，他也就不会限制我读书的兴趣爱好。也许正因如此，我不向他抱怨生活如何像一潭死水，而是开始用阅读来浇灌着日子，也没为大学辍学而后悔，甚至发现他说得没错——他指着我胸前挂满的黄金钻石说：

“文凭有什么用，能给你带来这些吗？”

那时我想说，府邸的高墙、侍卫和周围笼罩着我的死寂，令我不安。为了避免激怒他，我只好忍气吞声，说服自己：过去的荆棘刺痛我太多，以至于目前还没适应安逸的生活，我应该尊重自己的选择。

那一天，我反复思索扪心自问：我的选择是对的吗？还是说我这样做只是为了逃离不堪的现实——只有我母亲甘愿维持的状况，她把贫穷当作享受，活在各种凋敝的故事里，并把它们传给我。

是的，我挣脱了自己的根，因为它原本深扎在贫瘠的土壤，我把自己从那块土地连根拔起，选择了在奢华的府邸里过安逸的生活，变成了府邸的人质，不愿跟为了一口充饥口粮而劳累的母亲一样活得穷困潦倒。她徒劳地追随在战争中丧生的那个男人——我称之为父亲的那人，他在她的子宫里播种下我，接着便消失了，除了生物属性外我没得到他任何东西……他应该在“干她”之前就消失的。

坐在府邸阳台上，面朝庄严静谧的底格里斯河，我得到了些许平静。我望着水面，波浪迭起，感到它在我灵魂深处洋溢，自从年幼时便盘旋在记忆里的各种传说撩动我的想象。这条河离母亲家和她各位朋友家不远，每逢周四，底格里斯河迎来一周里最活跃的日子，女人们一起前往建在河中的庙宇。几十年来百姓一直认为这座庙宇是卡德尔·艾利亚斯的住所，尽管历史学家们已经做出驳论。她们在那儿祈福，请求原谅种种罪过——这些罪过只能对鲁丽·萨利哈坦白的。拜谒完毕，她们坐在岸边岩石上点燃蜡烛，再拿它来劈断木头，而这时，我在沙砾间找各种奇形怪状的石子。

还是这条河流，蜿蜒流过富丽堂皇的宫殿，同样流经贫民屋。然而从这里、从府邸阳台上看，没有蜡烛，没有祈祷，没有渔船，没有玩石子的游戏。这些通通是被禁止的，唯有府邸岿然不动。有两次我沉浸在这条河的故事里，随心所欲地改编：原本是精灵从河底冒出来，逮住一名小伙子，想要跟他婚配，被我改成了一个精灵冒出来抓住我，想要跟我婚配。我和他一起走向河底深处，探寻河底讳莫如深的秘密。我化身美人鱼或金鱼，跟天使般的精灵打造河流世界，创造跟陆地上截然不同的生活。我对弱小生物发号施令，让强大生物俯首帖耳……我在那里寻找真正属于我的男人，是因为我在大地上没有找到？

三

在约旦阿莉娅皇后机场迎接我们并将我们送到公寓的小伙子沉默寡言，但一张口就表现得极有素养。入境手续办完后，我们往大厅方向走。我看到一块写着“艾麦乐·穆斯塔法”的牌子，径直走上前，和他打招呼。我们坐他的车前往苏尔坦集市后面特拉阿·艾拉区的豪华公寓，公寓楼有四层，我们住在第二层。

三间卧室、宽敞的客厅，整整一面墙那么长的窗户、米色薄纱窗帘、带木纹铝材的厨房，厨房吊柜里放着碗、壶和杯子，下方抽屉里的厨具一应俱全。

小伙子在门口和我们道别：

“我叫祖海尔，以后会经常来看你们的，冰箱里有些吃的喝的，要是我来晚了，就给你们打电话。”

他刚要继续，洁曼尔飞快地打断了他：

“孩子，你知道会发生什么事么？”

祖海尔微笑着安慰我们：

“没什么的。”

洁曼尔似乎对他的回答不满，提高嗓门惊讶地说：

“没什么？你们把我们带到安曼，告诉我们没什么？”

祖海尔有礼貌地回道：

“我住在这儿，真的不知道伊拉克正在发生或者将要发生什么。不过您放心，我觉得只不过是戒备状态。”

洁曼尔还想说些什么，我做了个手势阻止了她。进公寓时，我责备她：

“别这样跟陌生人说话。”

她立刻说：

“陌生人？他和我们一样是伊拉克人，而且……”

我截住话头：

“行了，他只是一名司机，我们对他什么都不了解。”

我的心像鸟儿一样开始悸动，不想它停下。我已在边界之外，没人监视我的一举一动，没有抽空回家时需要我等待的男人，没有妨碍我活动的围墙，没有追踪我的隐蔽摄像头，没有向导指点城市角落，我走在安曼街头，尽情探索，走进集市、店铺、商场，累了就随时随地坐下休息。

这是独处的机会，我远离府邸的围墙和守卫；这是我自由呼吸的机会，不时呼吸没有战争威胁的纯净空气，不受约束地为记忆增添新的内容，没有幽灵从老巷子闯入我的领地。

短短几天，我走过了安曼许多地方，迷恋它的心脏——老城，那是过去与现在的融合，书店和报亭里有各种图书，集市、杂货铺、街道上琳琅满目的货物，热闹的景象让人想起巴格达市中心东边城门的喧嚷……我让自己置身于喧闹之中，从寂静中抽身而逃，它长久地伴随着我，成为我的一部分，甚至在脑海里能听见它的叫喊，它无情地敲打着我。在这座起伏于高山与低谷的城市里，我觉得自己需要另一种迷失，与城市的安宁相伴。我行走在漫长的、高低起伏的小巷和街道上，踩在古砖砌成的台阶上。受够了沉默、寂静、停滞，我需要这样的“疯狂”，感受生命的脉搏。

我坐在咖啡馆里，排遣灵魂中残余的孤独。过了许久，洁曼尔惊慌不已地跑来迎接我：

“太太，现在太晚了。我不想您遇到任何不愉快。”

我漫不经心地说：

“不会有事的，我们在一座安全的城市。”

她回答说：

“太太，我要对你负责。”

我奚落她道：

“我会对自己负责的。”

她试图用贾巴尔的嘱咐提醒我，被我打断了：

“这不代表你能干涉我的生活。”

她向我道歉，然后说：

“我们的生活跟以前不一样了。”

的确，现在不比过去，战争的恐怖威胁之下，一切都变了。如果不是战争在即，他们就不会把那些享受特殊待遇的家庭送走了。过去发生的屡次战乱和即将来临的这次战争——根据我的想象是难以理解的——之间，没什么可比较的。那些决策者、政治家知道背后会发生什么。或者跟以前战争危机加剧时一样，他们把家人送到国外的做法只是祖海尔所说的防备措施？

两伊战争时我还是个小女孩。看着满脸恐惧的母亲，我感到人们都非常害怕，导弹还没坠落，房屋还没倒塌，我就已经吓得浑身发抖。1991 年“沙漠风暴”[①]朝我们席卷而来，贫穷与惊恐雪上加霜，人们甚至开始担心自己的房屋会随时倒塌。母亲每次从集市上带回来的东西仅够勉强维持生活基本需求。普通百姓间流传着这样一个苦笑话：他们把鸡称作“濒危动物”。

一天，一位上了年纪的人拎着透明尼龙袋路过，里面装着杀好的鸡。他往一条巷子里拐时，另一名男子叫住他，询问道：

“您从哪儿弄到这种濒危动物的？”

---

① 译者注：沙漠风暴行动（Operation Desert Storm）是海湾战争中美国及其盟友进攻作战行动的行动代号，指发生在 1991 年 1 月 17 日至 2 月 27 日期间，以美国为首的盟国部队与伊拉克军队之间进行的一场大规模军事行动，目标是解放科威特。这场举世瞩目的军事行动只持续了 43 天，伊拉克军队完败，被迫接受停战协议，科威特被解放。

年长的男人一边往巷子里走，一边回答：

“兄弟，我们所有人都算是濒危的了。”

在战争和长期封锁带来的艰难日子里，我差点要辍学，但母亲坚决不同意。父亲消失了六年多，物价疯长，母亲每个月底拿到手的工资在随后几年里一丁点没有增加，根本无法满足日常需求。母亲认为，在这样的生活条件下，我爱买书的习惯是个坏习惯，完全没必要，只需要看看学校发的教科书，完成学校的要求。为了说服我，她总是重复一句老话“伸脚前先看看被子的长短”。每次她一提到这句可怜的老话，我心里都很不屑，这话只不过为了让像她那样的穷人知足而已，而这种知足，比他们本身更贫穷。我曾自问：为什么被子不够我随意伸脚?被子太短的话，我就应该把它裹在肚子上吗?我开始梦想拥有一床比母亲的被子更长、更柔软的鸵鸟毛被，能抱住我的梦想，尽可能远离母亲和她可怜朋友们的梦想，她们的梦想不过是围绕着生活中失去了男人，或者偏离生活正常轨道失去爱，在进行挣扎而已。

因此，如果我梦想着过上没有生命危险的生活，过上不用寻觅逝去之物的生活，过上不用抱怨寒暑的富足生活，自由地伸展身体，穿着最贵的衣服，喷洒最贵的香水，尽情享受生活的柔情，有没有人指责我呢?

在封锁吞噬生命的日子里，有多少和我同龄的女孩为一顿午餐、一双鞋、一件大衣、甚至是一支口红而堕落。我却跨进了他的府邸，成为那儿的女主人，而不是蜷缩在门口的乞丐。我找了一名高级军官，并且是共和国卫队的统领之一，那个能跟总统本人接近的级别。

我十分烦躁，天空阴沉昏暗，心情也如此。黑暗包围了每个角落，雷电交加，大雨倾注。洁曼尔像往常一样在熟睡。我独自跟看不见但能感知到的几个幽灵搏斗，它们在字里行间窃窃低语，我没法制止，也未能把它们从床边赶走。母亲穿着一身黑衣从书里走出来，摸了摸我凌乱的头，惯常的一副悲伤神情。对我执意嫁给贾巴尔这件事，她很悲伤很生气。我俩进行了一番毫无意义的对话：

“他就是你要嫁的人吗？”

“是的。”

“你对他很了解吗？”

“当然。”

“他跟你爸一样的年纪。”

“这不重要。”

“听着，军人要么杀别人，要么自己被杀。像他这样肩上带着假徽章的人，我觉得不会是自己被杀的那种。”

“妈妈，生活不可能非黑即白，有介于两者之间的颜色的。”

我和母亲对话的末尾，跟小说中写的完全一致。倘若母亲还在世，会揭开困扰我的谜底。让我更加困惑的是，这本小说中母亲的朋友们不是我认识的那些人。

带着困惑和疑虑，听着母亲的呼唤，我失眠了好几个小时。随着母亲的模样淡出脑海，随着雨水冲刷窗户的声音和瑟瑟寒风的声音，我疲倦地睡了过去，小说就在身边放着。早上醒来，外面依然风雨交加，其他的幽灵仍然在房间角落游荡。除了一两个小时读小说，白天干什么呢？读的小说依然失去了很多趣味，因为我发觉自己成了一个没有血肉的角色，因为超脱于生活常理之外，无法与读者建立亲密的关系。

尽管我的心飞出了牢笼，然而有些东西仍然困扰着我，在脑海里挥之不去。这些问题如烈火灼烧我：伊拉克背后发生了什么事？战争是真的会爆发，或者只是恐吓当局的把戏？万一战争爆发了，当权派怎么做？他们会像空洞的歌词写的那样顽强抵抗“直至最后一滴鲜血”，还是骨子里已没有了反抗敌人的血性？贾巴尔将遭遇什么？而我又将遭遇什么？

这些问题没有答案，便平下息了，收起火苗。几个幽灵向我靠近，在我身边围成一圈，让我感到快要窒息。不过正巧洁曼尔敲门，幽灵眨眼间消失了：

“太太，早餐准备好了。”

我揉了揉眼睛，望着她，顿感些许心安。我坐在餐桌前，洁曼尔坐在一张小桌子前，不知为何，我吃得飞快。吃完了，洁曼尔走过来，站在我身边说：

“暖气停了。”

“我知道，没有太阳能了，仓库里有电取暖器，我们用它好了。”

她提醒我：

“电费发票我们还没交钱。”

“会交的，等天气转好了，我就去交电费，钱够的。”

“太太，够交哪张发票的？”

“别忘了，祖海尔会照顾我们的。”

“他原本说每周来看我们，已经几个星期不见人影了。要是他不来，我们怎么办？”

我没回答。她语调里透着绝望：

“我觉得他不会来了。”

“他会联系贾巴尔，或许就给我们汇款了。”

“形势不好，汇款怎么能到呢？”

我盯着她，神经质地说：

“洁曼尔，你别把我面前的路都堵死，肯定有办法的。战争还没打起来，所以这些事情你都不用管。”

她向我赔不是，我才平静下来。她端起盘子进了厨房，我则走到窗前。雨依然下得很大，几乎把街道变成了一条奔涌的河，大风摇晃着树枝。我感觉自己就是一棵光秃秃的、甚至连枝杈都没有的树，被风拔地而起、弃于荒野，任由严寒浸透体内。

我回到冰冷的床上，盖上被子，牙齿冻得直打战，心想，洁曼尔说得对，巴格达面临着一场新灾难，不会有什么汇款从那边过来，祖海尔可能也不会再来了。我应省着点用贾巴尔给我的钱，不该买什么录音机、没听过的磁带、三件衬衫、包、鞋子、头巾、化妆用品、保湿水等等眼下没必要的东西，尤其是各大电视台的腔调都转向了即将爆发的战争，争先恐后地制造新闻…… 分析家、军官、伺机以待的敌人、怀恨在心的人、忠诚的友人都对事态发展忧心忡忡。不同肤色的面孔，各种相互指责、谩骂、狂呼乱叫、抗议示威，弥漫了全世界，或支持或反对战争。

没有卫星频道，没有手机，只能通过官方电视台了解当下情况——我们曾经身处这样的伊拉克，是不是一种福气？

我想起，曾住在胡同尽头的马哈茂德老师，偷偷把一个小盘子竖在他家房顶上，通过调节盘子方向来收听外国广播。由于一位邻居告发，他被判了 9 个月监禁，原本 80 多公斤的人出狱时骨瘦如柴。被革职后，他买了一辆小车，在卡尔赫和拉萨法之间来回载客。曾经笑容可掬的他完全变成了另一个人，敏感、沉默、胆小。车被偷了之后，他也没去报案，不过变卖了家中物件，让三个孩子和妻子填饱肚子。终于有一天他把房子卖了，搬出了胡同，不知去向。

我身上的钱已所剩无几，如果真要在安曼待很久，我和洁曼尔怎么办？是不是要把随身的首饰变卖了？一想到这儿，我就浑身战栗，只有首饰迷人的光泽、一颗颗珍珠和宝石才能让我感到自己的完整。我安慰自己，还有好多首饰留在了巴格达，当时由于出发时太匆忙混乱，没想起拿上它们。

看来不得不把首饰变卖了。洁曼尔不时地提醒我境况艰难，不能乱花钱，可我装作不在意，要么就告诉她，形势会朝着我们有利的方向转变。她撅了一下嘴，未发表任何评论。看来这种回答不能说服她，我心想：她是谁，凭什么对我的生活方式指手画脚？我曾不顾母亲反对，让她接受了我的意愿，而洁曼尔只不过是服从我命令的佣人！

独自静下来时，我发现这个外表满是贫穷、悲苦的农妇远远要比受过教育的我更洞察各种隐情。是因为我把赌注压在了一匹年老无力的马匹身上？还是因为我的小说从安曼才真正开始？在安曼，我不得不清理过去的花销，等待未知的一切。看着各个电视台有关伊拉克的新闻，我愈发心烦意乱，努力去抓一丝够得着的线，把我带到一个能让我摆脱贫穷焦虑的男人身边。

我在这儿怎么办？接下来的日子会怎么样？

两天风雨交加的日子过后，太阳出来了。大地吸足了雨水，狂风停了下来，天空明净如洗，好似不曾灰暗过。我刚要出门，洁曼尔叫住了我。她面露难色，结结巴巴地说：

“哦，怎么啦？”

“我不知道说什么。”

“说吧，我们也只有说话了。”

她扬起双手，然后十指交叉。我看着她，等着她打了结的舌头开始说话。她一直没开口，于是我说道：

“你在想什么？直说吧，没事的。”

“我们为什么不回巴格达？”

她如释重负地开口了，我吼道：

“你脑子一定是坏掉了，现在这样子，我们怎么回巴格达？”

“我想家想得都快死了。”

“想谁？洁曼尔，据我所知，你没有一个亲人在那儿啊。”

“我想我在沙瓦卡的家，想那些集市，还有那里的人们。艾麦乐太太，人，是故乡的泥巴捏成的。我在这儿谁都不认识，谁也不认识我。我怕死在外地。要是死在这儿了，隔壁邻居也不知道我是谁。”

我嘲笑她道：

“放心吧，他们会张开双臂欢迎你的。你要是非得回去不可，我会把你送到有车去那儿的车站，不过得看在这种形势下有没有人去巴格达。”

她像个孩子一样哭了起来，眼泪直流，接着说：

“我怎么能一个人走，把你丢在这儿？我怎么向贾巴尔先生交代啊？”

"他应该给我打电话的。"

"你为什么不打给他呢？"

"家里电话没人接，我又不知道他跟我联系的电话号码。情况远比我们想象的糟糕，要不然他也不会把我们送到这儿。"

她想说点什么，被我打住了。我看着她布满皱纹、堆满忧愁的脸：

"我没有丢下你，但我不想阻碍你的愿望。洁曼尔，你记住我们同命啊。"

她用头巾边擦了擦眼泪，哽咽着说：

"我怕我们在沙漠里迷了路。"

我感到胸口很堵，因为对她那么粗鲁。我贴近她，明知自己说得不对，还是安慰道：

"会好起来的，我们回去时比以前更好。"

她举起双手伸向天空，祈祷忧虑烟消云散。我笑着说：

"现在让我走了吧，我要去交电费，再去趟老城。"

街道湿湿的，树木散发着潮湿的气味，风轻拍着我的脸颊，像是在逗我。尽管如此，我仍然感觉自己如同一棵光秃秃的树，远离了原本生长的那片土地。我在摩登店铺林立的街道上逛着，看了看展示的衣服配饰，还是抵挡住了诱惑，什么也没买。从下坡路顺势而下，也不觉得累。走了好远，来到老城的腹地，经过很多从未走过的小街，还路过了若干书店，我压抑了想买书的冲动，从巴格达带过来的《幸运姑娘》还没读，我决定一回去就读这本书，或许幸运降临，故乡的阴霾能消散。

我来到了一条叫沙卜苏格的街上，通向一个卖黄金的小集市。我感到兴奋又烦躁，还是穿过街道，走进了第一家店铺，卖掉了两个手镯。由于没有购买凭证，不知道手镯的真实价格，也不知道老板有没有诈骗我。出店铺时，我感到有个东西挤压着内心。

我回到公寓时，洁曼尔正坐在阳台上，挑拣米里的小石子和坏米。我已经告诉过她很多次这儿跟巴格达不一样的，然而就像她自己说的，她从小就有这个习惯。我们国家的大米、小扁豆、鹰嘴豆里面有很多小石子沙砾，在煮之前需要先挑拣一下。当然进入有钱人家的东西不在此类。洁曼尔在府邸里干活时，对豆子里没有杂物感到很惊讶，但她认为凡事有备无患，便一直保持着这个习惯。

洁曼尔在她丈夫去世后，就无亲无故了。她的故事漫长而曲折，在来府邸之前经历了很多事。在巴格达时我对她的过去一无所知。但到了安曼，她敞开心扉把不同阶段的经历讲给我听。

决定开始阅读《幸运姑娘》的那天晚上，我迫切想把洁曼尔叫到床边来，听一听另一部小说，其故事人物活生生的。听到我喊她，她赶紧过来了，我示意她跟我一起坐在床上。在巴格达时我绝不会这么做的，而她也知道自己该做什么，从不会越界。对我而言，在这个心神不安的时刻，那些虚无的界限不再重要，我伸出手，对洁曼尔说：

“阿姨，你过来吧。”

那是我第一次叫她“阿姨”，之后再也没叫过。她两眼闪着泪花，几乎不敢相信，走近了。我握住她冰凉瘦削的手，拉到床边，让她想到什么便讲什么，就像母亲给摇篮里的孩子讲故事一样。

那天晚上，直到洁曼尔困了我才睡觉，故事没有讲完。在我看来，她的故事就像哈桑·伊玛目[①]的电影一样。

“在我 13 岁那年，我来到了巴格达。我们离开了最南边的纳瓦尔村，我，我爸，我妈。闷得要死的 7 月，一个夜晚，风都跟带着毒一样，扑打着我们的脸，路面坑坑洼洼，几乎完全一团漆黑。我爸走在前面，我们跟在后面。我爸知道，一旦落到凯伊德谢赫的人手中，我们就得到怎样的下场。所以他嘱咐我们避开房屋，躲在枣椰树或盟军队伍后面……我妈背着一包衣服，我背着一袋大饼、椰枣和煮鸡蛋。我们走得很快，必要时还跑几步，一句话也不说，心惊胆战的，狗叫声在后面跟着。我们要逃脱谢赫的摆弄，奔向由真主安排的命运。

逃跑的前一夜，对我爸这个老实巴交的农民而言，是很痛苦残酷的。萨尔卡勒过来了，以命令的语气告诉我爸，凯伊德谢赫想把我纳入他成群的妻妾之中。按照这位年迈的谢赫规定，我们都归他所有。我爸说过几次，我们身体属于谢赫，但灵魂属于自己，渴望从压迫中解放，逃脱魔掌。我爸不敢在萨尔卡

① 译者注：哈桑·伊玛目（1919–1988）埃及著名电影导演。

勒面前反抗，便对他说我很高兴。萨尔卡勒一出门，我爸就决心逃走：

“是时候解放了。”

父亲在谢赫农场做工时，总被凯伊德谢赫或手下当众侮辱。有时因为我爸病了不得不在家休息，有时因为他交庄稼晚了点。凯伊德是出了名的残忍，会因为无聊的理由毫不手软地杀人。有一天，一个农夫提着用叉子捕的鱼往家走，在离家几米远处碰上了凯伊德的队伍经过。萨尔卡勒出来了，走到农夫跟前说：

“这条鱼归谢赫，你是从谢赫家附近的河里钓到的。”

二人发生了争执。一个农民和像萨尔卡勒这样有势力的人吵架还是头一次，结果农民被捕鱼的叉子当众刺死，为了杀一儆百。因为一条鱼农民便送了命，那么拒绝女儿嫁给谢赫的人会怎么个死法呢？

我爸没跟我妈说要逃到巴格达，只是吩咐她快做准备。我妈没有犹豫，立即支持我爸，说：

“要是没了心肝宝贝的洁曼尔，我们还剩什么？”

洁曼尔说到这儿停了下来，换了一种语气问我：

“太太，你知道‘洁曼尔'的意思吗？”

我一边打哈欠，一边说：

“是枣椰树的树芯，长在花粉下面。我小时候吃过好多次，味道特别好。”

洁曼尔笑着说：

“我还以为有钱人不知道呢。”

她继续讲起她的经历：

“我以前听说巴格达，那些故事真让人头昏目眩。村里去过巴格达的人一回来就说：它是一座充满奇迹的城市，夜里跟白天一样，白天热闹非凡，街道宽阔平坦，有好多花园，咖啡馆到大早上也开着，处处飘荡着歌声，女人们很迷人。

洁曼尔沉默了一会儿，叹了口气，接着说：

“我原来有个梦想，以后再跟你讲……”

她打着哈欠：

“我们走了很久，才到了主路，那是唯一一条通往城市的路。我们在那儿等了一个多小时，吓得直打哆嗦，生怕被发现，终于看到了车的灯光。我爸打了个手势，车停了下来，那是一辆皮卡，我爸走近司机。过了一会儿，示意我们上到装有绵羊山羊的车厢，我爸坐在司机旁边的副驾驶座上。

洁曼尔长长地吁了一口气，开始讲自己睡在牲口堆里的经历。直到感觉她妈拍着她的肩膀说：到了！她才醒过来。

“太阳刚刚出来，电线杆都亮着，空气很好。我们在一个大停车场下了车。熙熙攘攘的工人、司机和卖蔬菜的小贩正在卸货，车里装着食品、皮革羊毛制品，还有椰枣等。我爸说这儿就是巴格达。他转头看了看我妈，提醒她：你牵着女儿的手，别丢了。城里的灯光和来来往往的人群看得我眼花缭乱，想起了一到夜里就一团漆黑的纳瓦尔村。村民们跟母鸡似的，天一黑就睡觉。我们往停车场围墙走，好多小贩在那儿卖茶水和盖麦尔[①]，被士兵工人包围着。我和我妈靠着一段栅栏坐下，我爸走去买茶。我妈打开装食物的包袱，拿出煮鸡蛋和大饼。

“睡了么，太太？”

---

① 译者注：盖麦尔，伊拉克的一种早点，由牛奶制成，风味独特，常与果酱、蜂蜜同食。

洁曼尔问我，我慵懒地答道：

“没，没睡呢，继续讲。”

她又打了一个哈欠，说：

“我们……唉，我讲得太琐碎了，我不想让你听得头晕。”

我重复了一遍：

“继续讲。”

“在卖茶水小贩的指引下，我们在离停车场不远的一户人家租了一个房间。我们穿过窄窄的走廊，来到一个院子，周围是四间相对的房间，出租给了不同住户。我们的房间在偏僻角落里，跟其他房间完全隔开。中间一小块地方有水龙头，周围砌了一个水泥池子，所有住户都从这儿接水，或洗盘子洗衣服，房间里空荡荡的，仅仅有一张草席、两个枕头、一个生锈的煤气罐、两口锅和一些盘子。进屋时我爸对我妈说：

“这里就临时落一下脚。你知道的，我对巴格达不熟，就两年前治病来过一次。我会去找工作的，重要的是得先找到马吉德·麦尔胡尼，他会帮我们打点一切的。”

我爸又提醒道：

“这儿的人爱多事，你不要和任何人讲我们的事。如果有哪个女的问你，你就说我们来看亲戚的。”

一听到马吉德·麦尔胡尼这个名字时，我的心一下子蹿到了嗓子眼。

“太太，你睡了？”

没等我回答，她继续说：

“小时候，他是同龄孩子里个子最高的，有着迷人的棕色皮肤，五官英俊，一头卷发，跟村里小伙子比赛爬枣椰树，总遥遥领先。他爬到树顶，朝我挥手，往下扔椰枣，唱着歌……哎，太太，他的声音比哈迪里·阿布·阿齐兹的声音还好听。他爸生前卖咖啡豆宰杀牲口，在卡伊德家中死后，他就跟着卡伊德生活，我们一起帮助有需求的人编草席。女人们拿来浸泡过的湿枣椰叶，手指片刻不停地忙着编织。我和他坐在枣椰树的树荫下或屋前，跟着她们手指的节奏编着。所有人做完农场的活后，都会编草席、织鸡笼，只有专门的工匠才能编床椅，因为那些更费劲。重要的是，哎，说到哪里了，马吉德·麦尔胡尼长大后，就去巴格达服兵役了。当完兵之后他也没回来。他回来干什么呢？只能跟他爸一样，给卡伊德当奴隶。

“让你听累了？”

“不，没有。”

“小时候我俩一起玩耍，他长大后我们就被大人们分开了。不过一有机会，我们就想办法见面。后来他去了巴格达，我也就没他消息了。据说，他服完兵役后自愿留在部队。复员前赶上北方爆发战争，就不幸战死了。不过我爸从唯一的一次巴格达之行回来后，悄悄告诉我妈，他在一家咖啡馆见到了马吉德·麦尔胡尼。马吉德已经在巴格达定居了，不想回到谢赫那儿干活，所以请求父亲不要向任何人透露他的秘密。为了答谢我爸保守秘密，只要我爸决定离开村子，他就会帮助我爸的。我爸说他现在专门做床椅生意。这就是我活着的梦想，过去比天上的星星更加遥不可及，但在巴格达它离我近了很多。”

她的声音有些晃悠，又打了两个哈欠。我感觉她快要睡着了，她有气没力地说：

“我明天再接着给你讲吧……”

接着没动静了，她昏沉沉地睡了过去，我不想把她叫醒。我把头埋在靠近她胸口的地方取暖，伴着困意和令我避之不及的家庭阴影……我睡了。

我重读了一遍小说，希望抓住一丝被忽视的线索把我和作者联系起来，但直至读完最后一行也没找到她和我家人的任何关联。倘若她还在世，那我还能去找她。然而她已经去了另一个世界，不可能与她相见了。到此为止我决定不再想这件事，顺手把小说扔进一个抽屉，不再让我烦心了。我首先应该考虑的是自己现在的处境。对于未来,我已经开始恐惧。过去这些天，我曾期待贾巴尔联系我，或者我能找到联系上他的办法，至少被委托人祖海尔能过来，料理一下我们的日常需求。似乎一切都纷繁错杂、模糊不清，我的命运取决于巴格达的局势。

午餐后，我对洁曼尔说：

“我们看看新闻吧。”

她惊讶得张大了嘴。自打我们来到安曼，我一直看电影和各类节目，不看新闻，顶多注意一下新闻标题就换了频道。

“新闻？”

“是的。我昨天在来回换频道时看到示威游行了,谴责战争，要求美国别再搞蠢事。”

洁曼尔这次的话让我感到震惊：

“科威特战争时也有示威游行，有什么用呢？哎，统治者制造游行，贫苦百姓忍气吞声。”

我见她神情黯然，便问：

“你有亲人因为那场战争死去？”

“没有，我不是以前和你说过我无亲无故？你要是想听实话，每一个在战争中死去的人都如同我的儿子或兄弟。那场战争根本没必要打。”

她倒吸了一口气：

“我不懂政治，但我知道，科威特是阿拉伯伊斯兰国家。我们总统经常强调，阿拉伯人皆兄弟。那他怎么侵略他们了呢？他让我们卷入战争，一切生灵都被烧毁，难道跟伊朗打了八年他还没打够吗？”

我沉默了很久，没有回答她的问题，她说：

“太太，你怎么看？”

我不高兴地说：

“洁曼尔，我不喜欢谈到政治。”

我不明白她为何笑了很久，于是问道：

“我的话可笑吗？”

她擦了擦笑出来的泪：

“对不起，我笑自己……我说的话跟政治有关？这意思是，我成政治家了？”

她又笑起来，察觉到我一脸郁闷，便向我赔不是，说了句：

“真主保佑‘以后的日子’。”

“这回战争要是爆发，情况就不一样了，洁曼尔，所有来打仗的士兵都会变为一堆白骨，真的一堆。”

“让晦气滚得远远的，主啊，救救我们。”

这时我已经没心情看新闻了，决定开始阅读搁置已久的《幸运姑娘》。

四

伊尔莎·苏米拉姿从家中逃出来，奔向未知的命运，去找她的心上人哈瓦金·穆尔耶塔。哈瓦金和母亲住在一间小破屋里，梦想从穷人变成“备受尊敬”的人。加利福尼亚金矿被发现后，成千上万的人趋之若鹜，哈瓦金也不例外。他并不那么爱伊尔莎，却让她腹中留下了两人关系的结果，伊尔莎竟然执意踏上一场遥远而危险的跨洋颠簸：从一个港口到另一个港口，从一座城市到另一座城市，她一直缩在船舱里，生怕被人认出来，孤单惊恐。在异乎寻常的漫长旅途中，鱼腥味和包裹箱子里的气味几乎把她淹没了，这是在船舱里找到她的中国医生陶欣告诉她的，他在船上工作，后来跟她成了朋友，帮助她解决了不少麻烦。在船舱里伊尔莎生了场病，不幸流产，高烧不退。陶欣从家族继承了用草药治疗的本事，尽全力救活了命悬一线的伊尔莎。很久以后伊尔莎才知道陶欣为她做的一切是多么了不起，那次相识带来了持续一生的关系。

至于她的心上人，消失得无影无踪，如同一根针落进了干草堆。她意识到自己为了跟他在一起而做的一切不过是徒劳。尽管如此，她仍然以近乎怪异的执拗寻找着，不倦地寻找着一个后来堪称传奇的男人——诗人巴勃罗·聂鲁达[①]的知名戏剧《卡瓦金·穆尔耶塔的辉煌与死亡》写的就是他。然而此前很多年里，伊尔莎一直认为，她爱的人不过是一个被通缉的土匪。

从伊尔莎离家出走，到她的长途跋涉，再到哈瓦金·穆尔耶塔离世，期间有无数冒险故事和磨难。伊尔莎结识的形形色色的人、虚假的爱情故事、疯狂的淘金热、马车、便利店、嘈杂声、斗殴、毁灭性的战争、不知从何处飞来的冷弹……在伊尔莎走过的每座城市，一切都被售卖，一切都被求购。在人迹可至的每座小镇，陶欣医生都会帮被蛇咬、患霍乱的病人看病。伊尔莎身体康复了，也摆脱了惊恐，时不时给陶欣搭把手。这些病人都是在发现金矿后，抱着发财梦，拖着饥饿的孩子和可怜的老婆过来的。

伊莎贝尔·阿连德的小说《幸运姑娘》故事围绕着那种迷茫失措的生活展开，描绘了诸多人物和一个荆棘丛生的世界。在这个世界里，我不由自主地跟着伊尔莎·苏米拉姿的步伐走，希望有一天能够抵达安全地带，找到“我的男人”。直至现在我还不知道他是怎样的人，是懦夫还是英雄。这两类人我都不喜欢，而是凭自己的幻想勾勒出一个既非懦夫也非英雄的男人。

历经了这场曲折劳累的奔波，我读完了小说，感觉很疲惫，不由得倒吸了几口气，仿佛自己就是投身冒险的恋人伊尔莎。《幸运姑娘》让我花了整整两晚加上白天若干小时的时间。它拯救

① 译者注：巴勃罗·聂鲁达，智利当代著名诗人，1971 年获得诺贝尔文学奖。他的诗歌既继承西班牙民族诗歌的传统，又接受了波德莱尔等法国现代派诗歌的影响；既吸收了智利民族诗歌特点，又从沃尔特·惠特曼的创作中找到了自己最倾心的形式。聂鲁达的一生有两个主题，一个是政治，另一个是爱情。

了形单影只的我，牵着我的手跨过重洋，打败夜里的幽灵，跟伊尔莎站在结尾,她看着心上人被砍下的头颅,说了最后一句话："我自由了。"

伊尔莎踏上漫长旅程，饱受折磨，结果换来这样的结局，值得吗？还是说她是幸运的，摆脱了一名土匪？或者说历经精疲力竭的奔波，她明白了幸运在别处、在另一个男人身上，让她邂逅了陶欣医生？

来了，如同晦暗沉重的乌云，带着阴森恐怖的声音，正像传说的萨阿拉乌[①]披头散发，丑陋、吓人、野蛮，伸出锋利的魔爪，带着凶神恶煞的眼神掠夺生命……它使得人心恐慌，让父母们痛不欲生，带来悲哀毁灭的威胁，播撒着毒流与愤怒、一群魔鬼盘踞的乌云，于是狂风肆虐，席卷各地。

第三次战争来了，烽火连天。我心中的最后一丝希望就此破灭。除了名字的意思是“希望”，我和这个词根本不沾边。

各大卫星频道像着了火，没对消息进行确认，就争先恐后大批量报道，屏幕上硝烟弥漫。错综混乱的新闻迎面扑来，比得上火箭弹了。洁曼尔抬头望天，不停地念叨：主啊，让战争停止，让伊拉克人平安吧……主啊，保佑我们避开魔鬼，当妈的人都不容易，保佑她们的儿子吧……最仁慈的主啊，保佑我们吧。

我不知道该如何祈祷，只能逃到窗户边，仰望安曼纯净的天空，一回到电视前，便看到伊拉克阴沉昏暗的天。各个频道一再强调，这次战争不同以往。我不禁瑟瑟发抖，牙齿咯咯作响，心想：要打多久？会死多少人？会摧毁多少建筑？我们还要经历多久才能回归到国际队伍之中？

屏幕充斥的硝烟几乎要让我窒息，纷飞的战火灼痛着我。我用力地深深吸了几口气，艰难地吐出来，向母亲拜谒过的所有神庙、圣地、陵墓和山陵求救，希望其中某处能抵挡或减轻灾乱。

洁曼尔察觉出我在发抖，立刻跑到房间里取来毛毯，并把

---

① 译者注：萨阿拉乌，相传在埃及农村凶残突袭人们的一个不明怪物，至今为不解之谜。

取暖器放在我身旁。我说：

“我没觉得冷。”

“可是你在发抖。”

“看到那些，我吓得发抖。”

她立刻跑去沏了一壶甘菊茶。

“喝点吧，能安神的。”

我喝了，却没平静下来。洁曼尔劝我躺到床上休息一下：

“真主会保佑你的。”

洁曼尔把取暖器挪进房间，给我掖好被子，摸摸我的额头，在我旁边躺下，搂着我，就像我生病时母亲所做的那样。她的怜爱像一股暖流流过我的身体，我已经很久没有这样的感受了。我有种想哭的强烈冲动，但没哭出来。我很少哭，或是说一直不让自己哭。究竟为什么想哭呢？

这个问题差点冒出来时，我压住了它，怕自己撕裂一处忽略我已久、潜伏在体内的伤口，更确切地说，是我自己忽略了那处伤口，任它化脓；或许当我放下虚伪的骄傲，会与内心握手言和，让自己尽情流泪，或者悔恨，或者两者兼而有之。

战争爆发的头两天，我整个人被这个打击吓傻了。到了第三天我不再发抖，拿了一些纸，把报道战争的新闻标题一一记下来：

巴格达遭遇 25 架飞机发动的最猛烈轰炸

卡兹米亚一处民宅遭轰炸

希拉一家 15 人死亡

红十字会形容战争“惊悚”

乌姆盖斯尔发生激战

巴士拉居民50人遇难

五角大楼确认伊拉克第15师投降，伊方否认

阿拉伯多国首都爆发大规模示威游行

美国在边境部署军队

哪儿的边境？我想问的是从哪个方向？我的脑袋嗡嗡作响，盖过了播音员的声音，极力控制顷刻间卷土重来的战栗。洁曼尔默默地陪在我身边，轻轻抚拍着我的肩膀。

土耳其军队自北部进入伊拉克边境，土耳其方面对此进行反驳。

各种消息裹挟而来，一会儿被证实，一会儿被否认。一整天里关于战争的报道真假难辨。我该相信哪些？洁曼尔打破了我的沉默。她想试探我对当下形势的看法，却没直接问，说道：

“除了这条新闻，其他都是真的。”

我没有回答，她再次试探：

“他真是死性子，只听得进自己脑袋里的声音。”

我仍然蜷缩在沉默的贝壳里。她转过来对着我：

“我们怎么办？啊，太太，我们怎么办啊？”

我没有看她，开口道：

“你是指我和你吗？”

“不，我是指我们伊拉克人。”

为了让她安静下来，我说：

“洁曼尔，我是专家么？真主会拯救轰炸之下的人们。”

日子就这么过，全部花在卫星频道上了，一天接着一天，难以入眠，偶尔困意袭来，也睡不安稳，噩梦拉扯着我的神经。我把新闻标题记下来，省略了细节，那些细节好似从记者口中吐出的毒，注入我的血液，掺入血液中的白细胞。

第四天：

伊拉克对土耳其侵犯其北部边境发出警告

摩苏尔发生爆炸

巴士拉城电力中断

巴格达遭严重轰炸

巴格达总统府遭突袭

基尔库克遭轰炸

伊拉克电视台播出盟军俘虏与死者消息

一酒店、提克里特博物馆、当地总统府先后遭轰炸

搜救两名飞行员行动正在进行，据称二人在卡拉达区底格里斯河附近跳伞

民众、航运警方和安全人员加入搜救，数小时后证明消息不实

纳西里耶战争更惨烈

洁曼尔不停地走来走去，没完没了地问，刺激着我的神经：

“现在都这样了，总统呢？怎么还没出来？”

她没得到回应，便自答：

“真主最清楚哪儿能避难，遇到一点可怕的事，大家就惊恐慌乱，真主是会庇佑他的信徒的。”

她一直絮絮叨叨，而我若有所失，忙着找寻，也不知道那到底是什么，它让我的梦想化为了灰烬。我撇下洁曼尔一个人继续絮叨，自己蜷缩在房间里，感觉像是有把小刀插入腹腔，听见母亲反反复复说：

“军人要么杀别人，要么自己被杀。”

贾巴尔究竟是怎样的一个人？我曾经与之共同生活的人是刽子手，还是牺牲品？他戴着哪副面具？如果他是刽子手，那么谁是他的牺牲品？如果他是牺牲品，那么谁是杀他的刽子手？在这场战争中，他究竟扮演着怎样的角色？他拿起武器，是捍卫被外敌侵略的祖国，还是捍卫总统？还是想着为新架子多添几枚奖牌徽章？他是冲在前面、指点沙场鼓舞士气，还是将士兵推入火场，自己畏首畏尾？如果不幸败北，他怎么做，藏身何处？他是处死战俘，还是替他们开脱，赦免他们？又或是他自己已先沦为战俘？

对于这些疑问我没有任何答案，不过我推断，推断的结论几乎让我坚信，贾巴尔不是刽子手。我从未在他身上看到属于刽子手一类的特点，在我看来不是。尽管他沉闷无趣脾气暴躁，但那是军人们由于肩负重任而养成的秉性。我曾经为任何让我不满意的行为找理由，因为我尚且年轻，而他是一个生活经历丰富的男人。我满足于在他的庇护下过着富足日子，吃穿不愁，有珠宝首饰，还有呼来唤去的佣人。以往和母亲生活在一起时，我承担着她的痛苦，就像我要对她负责，对父亲的失踪负责。也许她并非有意，但真的让我觉得，我是她的灾星。因为她从怀上我，父亲就彻底消失了。

我承受了太多，对那条巷子里贫穷的气味深恶痛绝，那儿还弥漫着疾病、臭水坑、动物粪便的臭气，还有破墙烂壁潮湿的霉味，爬满了蝎子、蛇、各种虫子。我厌倦了母亲回忆过去，好不容易从她那张被苦涩压制的刻薄利嘴中走出来，创造了自己充满梦想、阅读和音乐的天地。她为什么要从另一个世界里向我抛来她的声音，质疑我的选择，关上我面前的大门，丢下我面对种种问题不知所措？她为什么要把我带进噩梦，在里面幸灾乐祸地嘲笑？

似乎我尖叫了，从噩梦中惊醒，在鬼魂面前大喊着挣扎着。洁曼尔赶紧跑过来，替我驱赶魔鬼的邪气，她摸着我的头，诵读起《黎明章》，之前她在客厅，看新闻里的战争形势。我问她：

“最新消息说什么了？”

“我把电视关了，你快睡吧，还会重播的，还会加新的，你真的要休息一下了，我出去买点鹰嘴豆泥。”

她替我铺好了床，走出房间。我望着天花板，上面有一个小点，是凝固的胶，毫无意义的。在这一点胶上面，我的心开始描绘着房屋此起彼伏的一幅幅地图，并不知道究竟位于地球上的哪个角落，看到了一张张面目模糊的脸、燃烧着的尸体，甚至能闻到尸体被焚烧的气味，听到骨头碎裂的声音。

相隔如此遥远的距离，当地没人认识我，而我不知道将要遭遇什么，怎么能安心？祖国正被焚烧，它的一切都在被焚烧，烽火连天，军营、房屋、政府机构、居民区、桥梁、粮仓、医院、花园、学校都化为了片片焦土。

我掀开被子，冲向电视机，切换频道时指尖都在发抖。战争进入第五天，我记下发生的事件：

盟军武装声称纳西里耶战役为迄今最惨烈

伊拉克宣布阿帕奇战机坠毁

巴士拉陷入漆黑，轰炸仍在持续

摩苏尔发生新一轮爆炸

三十名伊拉克人在巴比伦遇难，数十人受伤

恰姆恰马勒北部遭重袭

记者形容巴格达轰炸为开战以来最猛烈

这条与那条新闻相隔的一点时间里，屏幕上出现了若干尸体、政府机构与居民房屋被摧毁。我似乎看见我家正被烈火吞噬，火舌伸到了沙发、墙壁、柜子、衣服、窗帘、花园里的树苗草坪……没人灭火，警卫亭空无一人，街头空荡荡的，只剩下炸弹留下的坑、硝烟、空无一人的房屋废墟。和以往的战争一样，人们四处逃亡，只有穷人守着破烂屋子和寒酸陋棚，说“他们到哪儿，哪儿就有死亡”。所有人都跟洁曼尔一样反复念着：真主保佑。然而没人保佑让他们摆脱“灾难源头”。

洁曼尔带回来了两个盘子，鹰嘴豆泥和焖蚕豆，搁在桌上。她脱下长袍，说道：

“下雪了。”

进厨房前，她恳求我允许她把电视关了：

“看了又怎样？你太累了。”

等她回到客厅时，叫我上桌子吃饭。

我们平起平坐。第一次她把两盘吃的放在我俩中间，坐在对面和我一起吃。她在那面无形的墙上凿了一个洞，向我伸出了手……她不应这么快的…… 等我们回了巴格达，她还会这样做吗？她的眼神告诉我，我们是同胞，国难同时降临在富人和穷人头上，为什么不能在同一张桌子上吃饭呢？我们之间除了“太太”一词，别的都荡然无存了。这个词她也开始匆匆一带而过，有时还忘了说，似乎提醒我，隔离墙即将轰然倒塌。

我慢悠悠地喝着茶，想起我在巴格达读过的女作家纳丁·戈迪默[①]的小说《七月的人民》。南非爆发黑人革命期间，帕姆先生和妻子被迫逃亡，依靠多年服侍他们的佣人尤里尤带路。尤里尤很熟悉路况，成了他们的向导，驾着马车，带他们逃往他的小屋，一路危机四伏……从那时起，情况开始变得对他有利，他掌握了主动权。之前他和帕姆先生保持着心照不宣的距离，现在他所受的待遇已经不可同日而语，关系也有所变化。因此，帕姆先生不得不改变自己的行为举止，以适应艰难的处境。

在巴格达时我没准玩过那种把戏，想方设法折腾洁曼尔，她一直唯命是从，而我很享受高高在上的感觉。殊不知，这世道如同风车，把你从低处托到顶点，很快又把你拽下来，于是原本在低处的人趁机登上去。

“你怎么了，太太？”

我留心到她的话，暗自庆幸：赞美真主，我还算是她的女主人。于是说道：

“我头疼。”

---

① 译者注：纳丁·戈迪默（Nadine 'Gordimer，1923 年 11 月 20 日 - 2014 年 7 月 13 日），南非女作家，主要作品有小说《七月的人民》《无人伴随我》。

“你吃点东西，喝点水，就会好的，我们能怎么办？已经习惯打仗了。”

“我还胃疼。”

“因为胃是空的，因为这些消息都很糟糕，真主保佑手无寸铁的人们，真的得不到任何保护。”

片刻沉默后，洁曼尔问我：

“军队在哪里，太太？”

“肯定在打仗。”

“电视画面也没见过他们。”

“这很正常，你想让他们出现在镜头前，同时飞机朝他们扔炸弹吗？”

“总统呢，你认为……”

我打断她：

“去把电视打开。”

她喝完杯子里的茶，起身打开电视。

伊拉克商务部长的声明令我震惊：我们不需要粮食或药品，我们是富有的国家，有充足的储备够用六个月，不需要援助。

洁曼尔盯着屏幕说：

“六个月？你想战争打上六个月？真主诅咒你。”

她转向我，像是寻找答案。我说：

“那不奇怪，我们跟伊朗不是打了八年吗？你忘了？”

洁曼尔沉默了，战争在说话：

美军飞机结束对巴格达的密集轰炸，由于天气恶劣暂停突袭电视画面消失了，洁曼尔问：

“怎么了？”

我换到别的频道，所有画面全都彻底消失了，我回答她：

“看来大雪盖住了电视信号接收器。”

我按了关闭键，说道：

“我要上床休息了。”

洁曼尔赶紧抢先过去整了一下被子，给我盖上：

“太太，你休息吧，什么也别想。真主会解决的，真主会保佑我们的。”

她走出房间。我感觉脚趾冰凉，脊背隐隐作痛。闭上双眼，从遥远的过往，到不久之前，到最近，一幅幅画面向我涌来，盘根错杂，相互搏斗。每一幅都取代前者，挤到前面，然后很快被下一幅取代，第四幅画面清除掉所有的，随后自己又消失了……大屏幕上演着我脑海中的电影，没有安曼的飞雪阻碍它播放，没有困惑或失落在我心头驻足。它如湍流奔涌，冲走了我内心的安宁，或者说我内心残存的一点安宁。母亲从另一个世界来了，一边收拾她的东西，一边催我：

“快点，人民军队要来了。”

“他们要干什么？”

“催大家赶紧出去，免得房子倒了砸到我们头上。”

“他们真的太好了。”

“现在不是冷嘲热讽的时候了，快点，孩子。”

“我们去哪儿？”

“避难所。”

她取下父亲的照片，塞进一堆物品里。我拿上一些书，凑过去：

“要帮忙吗？”

她看着我，觉得很奇怪：

“书？你担心书，不担心你自己？”

我想对她说：那你为什么惦记这照片呢？不过我还是压住不快，做出让步：

“是的，妈妈。我担心这些书。”

她生气地回道：

“真主造的人真是不一样啊。”

我没回应，快步跟在她后面。只见大家都朝着一个方向跑，人民军队指明了避难所的位置，小孩子们哭哭啼啼，女人要么尖叫不停要么哼哼唧唧，还有个年轻女子抱着一只狂吠不止的狗。我和母亲加紧步伐，我问她：

“哦，书和狗哪个更好？”

她神经质地回答：

“当然是狗。它和我们一样，都是生命。如果你对动物无动于衷，也绝不会怜悯人。”

平日走到避难所并不太远，但当时这段距离显得特别远。脚下的地面在晃动，只听到轰鸣声划破天际，却看不到飞机。几十人心惊胆战挤在避难所门口，听见一人说：

“我们全都得死在这个集体坟墓废墟下了。”

另一个声音神经质地回应：

“是活埋吗？”

爆炸声离得不远，尖叫、呼喊、恸哭混成一片，高音喇叭里还在夸赞着各人战役。一个女人喊道：

“末日来了。”

母亲把我推到一堆女人聚集的角落里，让我避开那些人。

第二处场景：

队伍排得很长，水、大饼、汽油全没了，集市空了，食品抢光了，店铺关门了。找点面包屑都是一件奢侈不过的事，因为最重要的是躲在炮弹炸不到的地方保命。要是看到有人在垃圾箱里翻几天前的垃圾也不足为奇，或许在找让自己苟延残喘的一口吃的，一只猫跳出来，跟他抢食，发出凄厉的叫声。要是他先拿到一块干了的大饼，或者只带一丁点腐肉的骨头，猫就会把他的手挠破。

第三处场景，在避难所里。

母亲和邻居乌姆·阿德南聊了起来：

“他们发的黑面粉，我们拿着怎么办？”

“跟这个光景一样黑，不知道他们掺了什么跟小麦一起磨的。”

“应该是椰枣核、木头灰，或者任何能饱肚子的东西。”

“照我话说啊，穷人的口粮里就有富人吃的白面包。”

“没错，可咱们能怎么样，找谁诉苦呢？”

法图玛出现了，她接过话茬：

“主啊，我们被炮弹炸死、解脱了，也比这样活着好多了。”

法图玛在巷子里的出现让人觉得奇怪。有一天女人们看着她头顶着一个包袱出门了，没跟她们打招呼，甚至没搭理，好像在另一个世界神游。除了头顶上的东西，其他她一概不闻不问。这个瘦削的女人皮肤黝黑，衣服破烂不堪，可以说是饱经各种愁苦。她是最近搬过来的，住在巷子尽头。一天下午，她正往家走，乌姆·阿德南跟她打招呼：

“嘿，你好。”

法图玛朝她们走过去，表示了歉意。乌姆·阿德南叫她一起坐一会儿，她放下包袱，再次表示了歉意，然后说：

“我刚刚没留神。”

我母亲问：

“你包袱里装了些什么？”

她拿过包袱，把里面东西摊开：香粉盒、香烟、绣花线、铅粉、剃刀、染发剂、墨汁已经干了的笔。她自我介绍道：

“我叫法图玛。”

我母亲给她倒上茶，她忙不迭地道谢，说自己觉得有点累，就告辞了。

显然她是个可怜的女人。那段日子里女人们没人敢问及她的隐私，也没人把她当作结了婚的女人看待。喝了茶之后，过了几个月，当大家都挤在避难所时，她也成了她们其中一员。她宁可被炮弹炸死，也不想过这样的生活。母亲问她：

“你有孩子吗？”

法图玛咽了一下口水，开始讲自己的故事：

“我原来有两个儿子。丈夫死了以后，我真的是掉着眼泪把他们拉扯大。和伊朗战争的第一年里，大儿子在巴士拉东部打仗时死了。他们给我优待，称我“烈士母亲”。战争最后一年小儿子拒绝加入人民军队，他在那两个月前已经服完兵役了，想完成学业。有一天当地人民军队首领带着两名安全人员闯入我们家，以懦弱指控逮捕了他和一批年轻人。我儿子消失一个多月后，他们告诉我，他被判了死刑，让我去认领尸体。在一个空荡荡的房间里，一名安全机构的军官掀开三具尸体上的毯子，问我说：

‘哪个是你儿子？’

我看到了我儿子，感觉烈火烧心。我看到他的眼睛还睁着，用手指着他。还没喊出来，军官便说：

‘在认领单上签个字，把他带走，赶紧点，你们这些叛徒。’

我吼起来：

‘我大儿子已经在战争中牺牲了，我是烈士母亲。’

他怒吼：

‘现在，你是叛徒母亲，快走，我不想要这个垃圾。’

法图玛长长地吐了一口气，继续说：

‘那时，我已经意识不到自己在做什么了，我朝他扑过去，用指甲抓他的脸，喊道：你才是垃圾，你妈是垃圾。接着我倒在地上，昏迷了。我在一家医院清醒过来时，他们命令我出去，也不知道他们把我儿子的尸体弄到哪儿去了。我在家里只待了一天，第二天就眼睁睁看着房子几分钟内被铲平了。推土机带走了一切，包括回忆。邻居们都跟我一样呆呆地望着，可能他们心里也都埋着悲愤，但在虎视眈眈、全副武装的“同志们”面前，他们什么也不能做。我在各地的亲戚熟人之间周转，最后只找到了一片废墟，跟蟑螂老鼠一起藏身，我能怎么办？”

乌姆·阿德南叹了口气说：

“除了真主，真的没有一丁点办法。你一个招呼也不打路过时，我还特别郁闷。”

法图玛回道：

“两个儿子死了，为什么我还没伤心死掉？”

母亲接过她的话：

“伤心不会让人死掉，它只会在人精神里挖坑，慢慢吞吃。要是艾麦乐她爸是被杀死的，我还真安心了。他自从跟伊朗打仗开始到现在就一直失踪，这对我比死了还难受。”

乌姆·阿德南说：

“从哪儿来的这些灾难，怎么就都落到了我们头上？”

法图玛回答：

“我们都知道从哪儿来的，不过我们都想保住自己的舌头，别被绞断了。”

大家都沉默下来，接下来弥漫着一片极度恐慌。避难所的墙震得厉害，我脑海中的画面一下子全都消失了。

我和洁曼尔中间摆的茶已经凉了，两人都没伸出手，眼睛紧盯着不受控制的屏幕，随着一幅幅画面接踵而来，我们呼吸变得急促，我搓着手竭力缓解一下内心的紧张。画面上，人们朝着四面八方奔跑，救援队用锄镐刨挖，施救工作步履维艰。洁曼尔快步走向窗户，抬头望着天空祈祷真主熄灭战火，来来回回走动。

我对她说：

“真主无处不在，你为什么觉得他只可能在窗户外面呢？”

播音员出现了，开始播送新闻，我记录了战争第七天最重要的事件：

风沙漫天，沙尘暴阻碍坦克前进，美军停止向巴格达挺进

洁曼尔看着我，似乎想说她的祈祷被应允了，我希望沙尘暴持续得越久越好，这样就能少发生点悲剧。播音员继续播道：

巴士拉一架直升机坠毁

安理会紧急召开会议

布莱尔呼吁伊拉克人民相信美军，他们将像 1991 年一样不负所望

洁曼尔鄙夷地摆了摆手，似乎想评论一番，我打了个手势示意她别说了。

洁曼尔又开始重复她的焦虑动作，踱来踱去。我冲她叫道：

“你走得我都晕了。谁看到你这样，还以为你在巴格达留了多少财产呢。”

她大胆地直视着我，说：

“是的，我有财产在那儿。”

我嘲讽道：

“多少钱啊？”

她的话激怒了我：

“你估量不了的。”

我很恼火，按照她跟我说话的方式回她：

“你指的是篮子、草席吗？”

她咽了一下口水，说：

“比这多得多。”

我继续讽刺她：

“在哪家银行？”

她的回答刺痛了我，令我哑口无言：

“在灵魂的银行里。”

她挖得很深，无意间挖出了我深埋在无名坟冢里的过去，我曾以为很难被发现，然而我看见自己的尸体在腐烂，被蚂蚁竞相争食，试图赶走成群结队的蚂蚁大军时，两只手却动弹不了，一具没有灵魂的躯壳。洁曼尔的哭声把我从那个坟墓里拽了出来，我意识到自己对她太残忍了，想拍拍她的肩膀，却退缩了，不愿在她面前示弱，她本就不该向我挑衅的。我对她说：

“省省眼泪吧，难熬的日子还在后头呢，劝你去睡觉休息吧。”

“睡觉？我哪能睡得着？”

“那好，我去睡。”

我撇下她，上床了，其实知道现在离睡觉时间还早，只不过想逃离她的忧伤和各种新闻带来的折磨，哪怕片刻也好。

然而这种“片刻”再次把我扔到了洁曼尔身边，我思忖尽管她穷困潦倒，依然保有这样的灵魂，而住在我身体里的灵魂是怎样的呢？她的灵魂源自哪股清泉，而我的灵魂又生自哪方污池？她意识得到自己说的话吗，还是只随口说的，或者应了那句“从疯子头脑里汲取智慧”？她不是疯子，是我，快要被单调的日子、无止境的等待、真实目的不为人知的战争逼疯了。曾经支撑我的男人，现在谁支撑他？祖国是怎样的存在，对我又意味着什么呢，这些我都不知道。

祖国给她的不多，也不少，洁曼尔为何对这个祖国牵肠挂肚呢？

她怎么会心甘情愿，至少把在府邸帮佣看作一种福气？

祖国究竟是什么？它难道不是“对你负责，而不是让你负担它”？它应该带来安全，而不是自身安全随时被夺走？它应该让我们去爱，知道爱的滋味，而不是让我们窒息？它指引生活的罗盘驶向和平的港湾，而不是把我们淹没在苦海之中？

要是祖国再也容不下我们，变成坟墓、监狱、火场，或沦为猎物，或走向灭亡……这一切如果全都发生，那会怎样？

这些问题在我脑海里膨起、肿胀，我努力逃避。回到客厅，发现洁曼尔仍盯着屏幕，焦虑地搓着手……我听见广播员说：

暴风过后美军战机对巴格达东中西部持续轰炸，伊拉克电视台大楼遭受长时间轰炸

卡尔巴拉纳杰夫多起碾压式战役

巴士拉联军部队挺进，到达乌姆盖斯尔郊区

我发觉洁曼尔一言不发，神思恍惚，晃了晃她的肩膀，她才回过神来：

“哎，你在想什么呢？”

“想我们那边的亲人。”

“洁曼尔，这是命。”

“真主说：‘不要自取灭亡。’为何要入侵科威特，把科威特人民拖向毁灭？”

“科威特战争过去多年了，现在是另一场，你怎么了？”

“艾麦乐太太，我知道，我记得的。这场战争是上次造成的，上次的祸根是之前的，一连串，环环相扣。”

“洁曼尔，别这么说了。”

“别怎么样？艾麦乐太太。”

“别说些没意义的，全世界都颠倒了，跟我们一样关注着战争，就算他们同情我们，也无法像我们一样感受痛苦。”

“我知道，但我的意思是……”

我打断了她：

“为伊拉克人民祈祷吧，但愿乌云消散。”

“艾麦乐女士，这不是乌云，是把大地全部毁灭的‘灾难之母’。”

我注意到洁曼尔开始叫我“女士”，不再叫我“太太”，她

正在逐渐消除我的优越感。对她来说，我只不过成了一个名字而已……我已不再是府邸的女主人，也不会有人记得彻底消失在视线和战争中的军队统帅。也许正是因此，她无意间变得随心所欲了吧。不知道她是不是也觉察到了有些话不妥，试图找补一番，于是用她认为最好的措辞问我道：

“哎，我美丽的姑娘，你在想什么呢？”

是母亲的灵魂来到我身边，却不能说话吗？她是不是长途跋涉，只为让另一个女人替她说出对我的一丝牵挂？我感觉胸口堵得慌，便对洁曼尔说：

“把电视关了吧，受不了了。”

我起身去卧室，洁曼尔把电视关了，跟着过来整理被子，把它拉开。我睡在最远的一边上，用微弱的声音跟她说：

“过来，躺到我身边，带我到你的世界，讲你没讲完的故事。”

“哎，讲到哪儿了？啊，我们租的房子挺大的，有两扇门，一扇朝着通向水池的走廊，另一扇通往一间小板棚，我晚上睡在那儿。第二天早上，我爸出门找马吉德·麦尔胡尼。我在家里掐着时间，默默祈祷真主保佑我爸找到他。一听到有脚步声，我的心就会提到嗓子眼。我爸回来时，我妈洗好了碗盆了。她跟着我爸走进房间，说：

“快说说，是好消息还是坏消息啊？”

“好消息，我见到了马吉德·麦尔胡尼，好不容易才认出来，怎么变了，挺和气的。”

我心跳得厉害，用手按住胸口，让它平静下来。我妈说：

“那，那后来怎么样？”

我爸一边搓着卷烟，一边回答：

“他会给我找工作、租房子。他对我挺好的，伸手从兜里掏钱，塞到我口袋，我没要。”

我妈点头表示赞同我爸做法，说：

“你这一辈子就这么刚直。”

我爸接着说：

“不过他非得坚持，我就跟他说好了，这算朝他借的，等情况好点了，就还给他。”

我妈又一次点头道：

“你做得对。”

我爸继续说：

“他在巴格达熟人多，他拍着胸脯叫我别担心，还问到了你和洁曼尔。”

我靠着墙，免得因为高兴而站不住了。两天后，我见到了他，啊，艾麦乐女士，当我见到他时，我的心死了，我差点死了。

她沉默了很久，仿佛在追忆太阳西下的过往。我开始拿着她简单的梦想、她的知足与我的高空盘旋飞到远方的梦想相比。她回忆自己的故事，我听着，我感受着她胸口的温热——或许是第一次——特别想念我母亲。好几个晚上，母亲的灵魂在我身边回旋，把我带到过去的日子。我躺在床上，她拍着我哄我睡觉，给我讲她和父亲的过去，或是凝视着父亲的相框和他说话，好像父亲一天也不曾离开过她。我发现自己也像一个小姑娘，跟母亲一样盯着照片，问母亲有关父亲的事。她向我保证，父亲会回来的。我曾相信她说的话，然而多年过去，我厌倦了这样的陈词滥调，对父亲的归来不再抱希望，开始对那张照片熟视无睹，渐渐忘了它还挂在墙上……我没有关于父亲的回忆，当我还是她肚子里的一颗种子时，他就消失了。

我注意到洁曼尔的声音，她在抽泣，不知道她讲到哪儿了、为什么哭，我转过身朝向她：

“怎么哭了？”

她抓着头巾一角抹了一下眼泪，看着我，很奇怪我的发问：

“所有的一切，你不想我哭？我跟你说过，我爸妈死在同一天，在去卡尔巴拉的路上，他们坐的车翻了。”

“我知道，这已经过去好多年了。”

“哪怕一辈子过完，不能跟亲人在一起，这像炭火一样让我焦灼。”

“真主给你什么就认命吧。在我们国内，很多人都没人为他们掉眼泪，没准连个埋尸的坟墓都没有。”

“真主保佑他们。”

她说完，又沉默了。我蜷缩着，贴近她胸口，像母亲哄我睡觉那样，轻轻拍着她。

战争第八天局势极度恶劣

巴士拉遭遇残酷轰炸，集体流亡规模空前

英军坦克进入街道，四处弥漫死亡气息

伞兵在摩苏尔边境与埃尔比勒东北部哈里尔机场降落

巴格达炮弹如雨始终未停，曼苏尔通讯遭破坏

数次密集轰炸后，联军宣布已控制巴士拉各入口

之后呢？

我感觉自己走进了一个漫无尽头的噩梦，看着这些有关死亡的快讯，我对洁曼尔说：

“我们看到的这些是那儿的现实，或者不过是一场噩梦？洁曼尔，我们是在做噩梦吗？我们为什么在安曼？是一场大风暴把我们连根拔起，把我们带到这里吗？”

洁曼尔似乎没明白我的话。的确，我们都属于伊拉克，但对这种属性的表达却不同。我听见她的声音从远处断断续续地传来：

“真的，我的姑娘，艾麦乐太太，我对你说的风暴一无所知。我只知道，科威特战争——他们说的“沙漠风暴”夺走了一切，改变了老百姓生活。原因众所周知，全世界都反对侵占科威特，我们本以为那是最后一次战争。这次，我不懂，大伙都说是因为杀伤性武器。他用不用武器，都彻底毁了我们，我觉得大伙就想推翻总统。”

她沉默了一会儿，可能在等我搭话，我却一言不发。她有些失望，说道：

“怎么不在“沙漠风暴”那时把他推翻？省得我们遭这些罪？我们老百姓起义时，布什干吗不让？这次小布什又想把我们怎么样？”

她的问题蒸发在屋内的空气里，就像我不存在似的。我被她突如其来的一声长笑吓了一跳，想必她是疯了，要不然在这种情况下怎么笑得出来……我转头诧异地望着她，问道：

“你笑什么？”

她深深吸了一口气，然后叹道：

“我笑“布什”的名字，你知道这个词在南方话里是什么意思吗？”

我当然知道，它在巴格达话里也是同样的意思，不过我摇摇头，假装不知道，她立刻说道：

“‘布什’就是没用的东西。”

她又夸张地笑起来，害得我都被传染了。像平常一样，她用头巾一角擦了擦眼泪，说：

“没用的东西生出没用的儿子，他就不想让我们活。”

她从床上下来，走出了房间，留下我琢磨着她说的最后一句话。我开始反复思考着这句话，不禁想：这位农村女人怎么能这样分析问题的？在巴格达时，我怎么没有充分了解她？

洁曼尔总是蜷缩在紧挨厨房的一个房间里，只有在特定时间或是喊她干活的时候才出来。她以前不像现在这样絮絮叨叨，只会埋头干活，必要时才说上两句。从担负警卫任务的士兵手里接过府邸的日用品，她就开始张罗。洗蔬菜水果、准备吃的、打扫卫生、把衣服进行清洗熨烫等等，就像电影里出场有限的或固定的角色，不论情节如何进展，这个角色自始至终都将局限于此，至少到目前为止。

我每次看到她埋头干活，扮演着群众演员的角色，便觉得命运赋予了我绝对主角的光环。然而命运最初错误地把我抛掷在巴格达寒酸的巷子里，当它意识自己的失误后，很快纠正了，让我乘着粉红色的翅膀，来到适合我的地方，现在终于有人服侍我了。母亲为了寻找父亲时，在安全部门和党小组一待就是好几个小时，总把家务活甩给我。

因为这场该死的战争，我的主角光环开始黯淡，导演不再听我发号施令。洁曼尔与我争夺剩下的戏份，抢走了我的镜头。她似乎相信，伊拉克发生着的一切将使得格局朝着利于她的轨迹改变。我又想起了小说《七月的人民》，不觉心生愤怒，潜伏在身体里的惊恐涌了上来。即便剧情需要换一下角色，群众演员也有权要求被重视吗？命运的导演正是这样认为的，要不然他早就挥挥手，把观众厅清场了。

谁导演了这场戏？谁编织了萦绕在我大脑中的呓语？我的故事有那么大价值，能盖过伊拉克面临的局面么？飞机在盘旋、逡巡，向庄稼、牲畜、人群、房屋、桥梁、河流投掷炸弹，然而我却一味沉湎于跟如火如荼的战争不相符的一种论调。

我闷得慌，想出去透口气，希望安曼的空气能修葺被这些思想腐蚀的自己。望向窗外，树上的积雪已经融化，树枝吐出了新绿，大地仍是白茫茫的一片。

我打开衣橱，穿上厚大衣，往公寓外面走，洁曼尔追上我。

“去哪里？”

我撩了一下头发，掖到帽子下面：

“黑土地远离了我，我想去白雪地上走走。”

她没听懂，但叮嘱我：

“别太晚了，我们不是在巴格达，我担心你。”

寒风迎面而来，道路旁堆积着雪，孩子们有的堆雪人，有的拿着雪球互相掷来掷去。尽管风凉飕飕的，却十分清新。我贪婪用力地呼吸着，好像再过几分钟，就会离开人世。我边走边审视着自己凌乱的人生片断，母亲布满皱纹的脸越来越近，她总是一副受害者的姿态，走到哪里都要念叨着父亲消失的故事。最后一次见到他的那天，她的生命便终止了，她没收拾打扮，顾不上自己，不时地翻出婚纱反复念叨：等你爸来的时候，我要穿上它，坐在两匹白马拉的马车里，和他一起在巴格达大街上游行，向路人撒玫瑰花。接着她让我听她唱自己写的歌，曲调出自她小时候流行的民谣。多年过去了，她的梦逐渐褪色，直至消散,但她一直固执地写歌,她的悲伤稠密如同茂盛的大树，播撒着一串串希望，然而希望却永远地幻灭了。

母亲的脸庞在我脑海中挥之不去，我踏着雪，扪心自问：要是我没嫁给贾巴尔，母亲会去世吗？如果答案是“不会”，那么讲述我们故事的女作家就没说错；如果那是命中注定的，我就不用承受负罪感——女作家出于某种原因想让我背负的东西。

我的思绪回到那本让我辗转难眠的小说上，回到与我母亲或祖母有某种关联的女作家身上。她像母亲一样，会在家门口、集市上，有时会在女厕里讲一大串关于贫穷、困苦、剥削和死亡的陈年旧事，即便家里有洗浴间，但她执意要去外面的女澡堂。

我甩甩头，把祖母和母亲的面容从脑海中挥去，在时起时伏的路上漫无目的地走着，累了就坐在延伸到街边的树根上休息会儿。胶片的轴心倒回来，开始转动，把我在府邸里度过的大部分日子凝结成几分钟。寄托着过去多少希望的吊桥浮现眼前，望着底格里斯河从桥下平静、庄重而神秘地流过，如同一名隐士，道破一切之后，只剩下沉默。我或许就像这条河，除了沉默，已经一无所有。如果没有洁曼尔，嘴巴都已经忘了怎么说话。可我确实不是隐士，真的把身体的本能埋葬，直至它行将就木，或者已然化为乌有，不过美好的生活终究眷顾了我。我的沉默深入骨髓，藏在灰烬之下的火炭炙烤着我，沉默长出了利齿，咬啮着我的血肉，那种犀利尖锐就像这个男人的目光——我突然间才注意到他，他把车停到我对面，投来的目光分明是所有东方男人对令他们魂不守舍的女人的饥渴。

我没有搭理他，继续往前走，试图远远地躲开他，他还是紧跟着我。看到第一家咖啡馆，我进去了，扫视了一圈，一个人也没有，椅子都空空的，我是唯一的顾客。店主是一个上了年纪的老头，坐在收银台后，或许正算着自己还能活多久。服务员过来了，拿着一张纸一支笔，等候着。犹豫了片刻后，我开始点：

“一杯黑咖啡。”

咖啡端上来之前，进来一位高个子、脸型瘦削的男人，长发扎在脑后，手拿着一本大册子，挑了一个我对面的角落坐下。他点了一支烟，掸烟灰的动作在我看来很神经质，接着他开始在本子上涂涂画画。

我慢悠悠地喝着咖啡。每次瞥一眼那个男人时，都发现他在审视我，狠狠地抽着烟。烟雾徐徐上升，一层层的，绕成弯曲的线条，很快消散。我避开他的目光，低头看咖啡，咖啡深黑的颜色就像眼前的日子一般昏暗，我的脑中一片空白。等我再次抬起目光，发现他仍然盯着我，一边在纸上涂涂画画。我觉得他在画我，他手指动作和眼神能证明这一点。我的样子或者表情有什么好画的呢？

我确定他在画我后，站起来转了过去，在他看不到我的一个角落里坐下。呷着剩下的咖啡，然后把钱放在桌上，起身离开了。我逃到灯火通明的热闹街道上，尽情地踩着积雪，突然好想跟孩童一样玩玩雪球，不过还是把这个念头扼杀了，我继续走，到了临街的小公园，周围砌着低矮的石头围栏，里面树木繁多。我走了进去，里面一个人也没有，静谧和湿润的空气将我包围，耳边只有麻雀的叽叽声和斑鸠的咕咕声。我在树丛间走了会儿，便坐在铁凳子上休息，深深的孤独感将我层层包围，回忆来得猝不及防：

母亲去世后，我要在母亲家中守孝四十天。安葬完母亲，贾巴尔把我送到家门口，往我包里塞了一沓钱。

“你从这儿搬出来之前，我会经常来看你，一切都会好的。有我陪着你，不要害怕。”

母亲的女伴们让我束手无策，她们围着我，用她们的悲伤、各种问题、母亲的离世反复刨着我的心。乌姆·阿德南在一个隐蔽的角落里瞥见了贾巴尔，于是开始了：他怎么想起这条街了？他想干什么？他把自己摆得那么高贵，怎么要来操办丧事？接着还提醒我道：

“艾麦乐，你知道的，他早不认街坊邻居了，大家都把他忘了，他进咱们巷子不合适。”

她坚定地说：

“我以我爸妈的性命发誓，他知道穆斯塔法是在哪儿失踪的。”

我的神经一直绷得紧紧的，以沉默和耐心坚持着，不参与闲言碎语，也很少回答问题，以至于乌姆·阿德南以为我一直没从母亲离世的打击中缓过来，以为我还需要更多时间，去接受这个令她们悲痛的事实、并回答一堆折磨我的问题：你怎么发现她死了的？死去前一天晚上她在干吗？她说了什么，样子显得很疲惫？我以极为简短的三言两语，沉默良久之后才挤出答复，接着便不再作声。或许我根本就没回答。

回去府邸前，贾巴尔带我去了曼苏尔·美利雅酒店。尽管他身着便装，没有穿军装时的那份威严，但所有工作人员都十分礼貌地向他问候。我们在河畔的意式餐厅坐下。他给我上了一堂冗长的人生课，想强调我母亲离世是摆不脱的必然；我们都不过是生命的过客，但应该好好地活着，不要剥夺自己享受生活的权利。悲伤是一种自然的情绪，只要我们能克制，它就会随着时间的推移消逝……接着他说：她在这个世上的时限已经结束了，我们所有人都在这条路上；要是你仍然摆脱不了悲痛，她的灵魂也无法安息，不要在悲伤中摧毁自己的大好年华，你还年轻，要过自己的生活，把它过得比想象中更精彩。有什么需要我都满足你，我暂时先把你送到我在耶尔穆克的姐姐乌姆·鲁阿伊家，这样方便我在家里打理后事，你家里，你什么都不用做，开开心心就好。

贾巴尔抓住我的手，而我的手在他的掌心感觉却很麻木。我们吃完午餐，喝完茶，他把我送到了他姐姐家。我在那儿待了十天，在搬回府邸住之前，我还去了一趟母亲家。贾巴尔把车停在巷子入口等我，反复叮嘱我：动作快点，别拿多了东西，缺什么我都给你买。

我不敢独自一人走进母亲家，就去找法图玛求助。我瞥见她背着个包袱进了巷子，立刻冒出一个想法，让她从摇摇欲坠、说不定哪天能把她埋进废墟的破屋子里搬到我母亲家。走了屋子，我跟她说了，她犹豫了半天，以为要支付她无力承担的房租，我安慰她：

“把这儿当你的家吧，住一辈子，一个费勒斯都不用给。没准我哪天回来，但绝不会赶你出去的，我们一起过。”

最后一句话纯粹为了安慰她，我深信自己不会再回来，不会再进这个家，也不会再进这条巷子。

一进家门，那股味道——母亲的味道从每一个悲凉的角落向我袭来，哽咽在喉咙口的苦楚快要让我窒息。法图玛祈求真主怜悯母亲，保证不会忘记她。我走到母亲卧室门前，深深吸了一口气，终究没进去，生怕自己的抵抗崩溃。我只进了自己房间，取了一些书和三盒雅尼音乐的磁带，就出门进了巷子，没想到贾巴尔就在离家不远的地方等着我，同样等着我的还有母亲的女友们谴责的目光，目光如同锋利的小刀，扎在我心头，我装作不在意的样子，将目光投向远处，生怕眼泪夺眶而出，凭着一股神奇的力量，控制自己不去听不想听到的声音，我快步往前走，含糊不清的喧闹声敲击着我的脑袋。

车驶出巷子，我的呼吸才平复下来。我卸下沉重的心理包袱，对着过去的痛苦告别。

大多数时候，乌姆·鲁阿伊是一个沉默寡言的女人，不过只要话匣子一打开，就停不下来。她是寡妇，丈夫在两伊战争中丧生，有一双儿女，鲁阿伊在伦敦学医，欣黛在巴格达大学读心理学。欣黛经常用让我感觉不大友好的目光打量我，也许她把我当作深入研究的对象，挖掘着我的外表背后与她所学理论相符的特质。她跟我没有多少言语交流，而乌姆·鲁阿伊抛来的问题却跟枪林弹雨一般。我小心谨慎地回答，贾巴尔叮嘱过的，他给我上了如何撒谎的第一课。尽管我的回答并不让她满意，她还是竭力表现出一副信服的样子，就像我装得像一个丧母的小姑娘，等着生活在阿联酋的叔叔来接走的样子，这个叔叔是贾巴尔的朋友，贾巴尔过段时间会讲他如何见到我叔叔，向他提亲。我不知道贾巴尔为什么要编造这种故事，而我为什么要听从。

贾巴尔和他姐姐的关系让我困惑，他俩似乎有什么事不愿跟我坦白。她看着他时，眼神里并没有真正的手足情谊。她还总爱抱怨，贾巴尔想方设法地哄她，仅仅为了躲过怎么很久没来看她的逼问。我们第一次去她家，她对贾巴尔说：

"你忘了咱妈的忌日，她的坟你一次都没去过呢。"

贾巴尔向她保证尽快去墓地看看，可终究还是没去。我们从她家出来时，他说：

"乌姆·鲁阿伊以为，我站在妈妈墓前，妈妈就能听到我说话。她不愿相信我们只能活一次，然后化作乌有。"

我和贾巴尔结婚后，她只来看过我们三次，每次间隔时间都很长，似乎对我的存在很不快。虽然每次见到她，我不免神经紧绷，但她从未直接说出让我生恨或紧张的话。

一只乌鸦在嘶喊，把我喊醒过来。公园里依然一片宁静，斑鸠咕咕叫着，孤独感突袭而来，悲伤碾压着我。等我踏雪回来，神游完毕，天空悄然飘起了毛毛雨，似乎预示着一场瓢泼大雨的到来。

悲伤是一种可怕的存在，它用魔爪扯开血肉，钻进骨髓，深入灵魂，肆意攫取。我曾从母亲的眼神、她日渐羸弱的身体、她蹒跚的步履中看见过它；曾在母亲试图抓住不可企及的梦、却又无能为力时看见过它；此前还从外婆的声音中感受过它，她在小巷、残垣破壁和门槛边跟我唠叨忧伤往事，母亲也会和女伴们坐在门口，打开心里尘封已久的匣子，倒出一些不为人知的故事，免得它们锈蚀，或被彻底遗忘。

刚回到府邸时，我远远地目睹了悲伤——在洁曼尔沉默的眼神、瘦削的手指、始终不变的黑衣中，在高墙大树上方，渐渐模糊，然后黯淡。漫漫长夜里，我独自躺在曾经梦寐以求的软床上，去执行“艰巨任务”的男人不在身边，我不知道自己到底是希望他在还是不在我身边。

当悲伤消失在树影之间，或躲藏到那后面时，我以为自己战胜了它，它却像邪恶的精灵一样，伺机跟着我，越过围墙屏障，穿过沙漠边境，把我困在安曼。它散播着不安，用无聊的等待和屏幕上伊拉克人民的创伤粉碎了我消沉的日子。它像乌鸦一样嘶喊着，带来战争的噩耗。

这已经是第九天了。

巴格达市中心及周边遭猛烈轰炸，主要针对媒体、新

闻机构、和平宫以及某些未透露的地点

纳西里耶和摩苏尔遭猛烈突袭

新闻部长宣布击落一架无人机，美方否认。

火箭弹在舒阿拉市坠落，55名平民死亡，伤者数量相当；屠杀事件过后持续发射地面导弹

国际组织在伊拉克与叙利亚、约旦边境搭建难民营，因无人前往被搁置

战争持续不断，巴士拉前线硝烟再起

我们在某个频道听到的消息，能从另一个频道听到截然相反的报道。不过确切的是，平民们遭受到冲突各方的杀戮，整个国家沦为一片废墟……我注意新闻的详细内容，没太留意报道出处，记下了各个标题，在安曼漫长的日日夜夜，没人能听见我深埋于心的呐喊。

悲伤并未从我身上带走什么，我又再次拥抱这个世界，就像是获得了重生，我的心如同铁石，母亲的那些故事不会让我流泪，穿透我的身体时，已然不能触动无动于衷的我。我听腻了那些故事，厌倦了一遍遍的重复——随着时间流逝，它们褪色了，没有生命。直到贾巴尔出现在我的生命，带我过上了另一种生活。和母亲坐在一起，她每次要开始老调重弹，聊到“父亲不见了”的该死故事，我都能有预感，然后以做功课为由进入自己的世界，音乐和小说的世界，去寻找不一样的故事。在我看来，它们比母亲受伤的心灵吐露的故事更为真实……当“她在人世间的生活结束”时，我没像其他人家的女儿那样为自己

的母亲哭泣，我的情感很僵硬，甚至怀疑自己身体的每个部分都是由几百年风化的岩石构成的。当母亲的灵柩放在车顶上前往墓地时，我自问：为什么我灵魂的深井没有像别家女儿丧母时那样迸发，把我淹没？

我们后面的车上坐着母亲生前的女友们，她们一路都在哭她，挥泪如雨，都很悲痛，除了我……当土撒到母亲的灵柩上时，法图玛号啕大哭，似乎我母亲就是她的亲姐妹或亲妈。我内心解释说她在为自己的两个孩子哭泣，我母亲的去世正好点燃了她心中的火炭，每个女人都借此机会哭一哭自己的遭遇，找寻任意一出悲剧，为自己的糟糕运气痛哭流涕，心情舒坦的状态她们反倒不适应。

我时常问自己：是什么让母亲坚守着支离破碎的梦，让她一次次地踏上崎岖坎坷的路途，在党组织、警察局、人民军队、医院和红新月会，坐在空荡荡的房屋门口讲述她的悲伤？她对父亲的爱是不是深入灵魂，铸成了她的个性，让她变得是非不分？她为什么要将悲伤制成枷锁，禁锢日渐消逝的青春年华？父亲真的值得她去承受这些折磨吗？

阅读每天都能给我力量，让我发现自我，远离徒劳的悲伤向前进。每天我都调整一下指南针，避免它失去平衡，我下决心从那一潭死水逃到能把我带去更安全彼岸的大海。

我跟贾巴尔在一起生活不过才三年。最初几个月我不敢相信自己的所见所感，沉浸在幸福中，那是在母亲残缺的羽翼下从未享受过的。我在阳光下伸出手，手上戴着几个镶嵌着绿宝石和钻石的戒指；摸摸脖子，感受一颗颗珍珠；伸出脚，脚链上闪闪发光的红宝石令我欢喜。难道不是枷锁吗？也许这种感觉时不时会冒出来，但我竭力把它赶出到天堂的围墙外面，安心过着起初想都不敢想的富裕生活。

楼上楼下螺旋式的楼梯铺着红地毯，我每次上下楼梯都会觉得，自己丝毫不亚于世界上任何公主或王后。我总是看见洁曼尔垂着手、毕恭毕敬地站在楼梯尽头，目不斜视，僵硬的笑容挂在嘴上，等着我的日常吩咐或命令，而我对自己的角色也越来越驾轻就熟。我戴上面具，习惯性地把脸遮起来，免得想起沉浸于悲伤的母亲和她的朋友。

被迫逃到安曼时，我还随身带了一些“枷锁”，后来不得不“摆脱”了，每过一阵子就把它们一件件贱价卖出。会有另一个女人来，戴着它，用它装扮自己，等到战争结束，让它发挥同样的作用。当我不得已要卖掉最后一件黄金首饰时，面具消失了，“安逸”离我而去，贫穷的瘟疫再次袭来，渗入我的大脑和整个躯体。

五

一个孤独的清晨，我站在镜子面前，端详自己的脸，感觉自己永远地失去了什么，在镜子中看到了一个女人的脸——酷似那些坐在门槛边的女人们。在某一瞬间，我看到了，或是幻想自己看到了母亲的面容，她流泪的样子在我脑海里挥之不去。我闭上眼睛，从镜子前跑开，浑身颤抖，蹲到客厅一个角落里。过了一会儿，洁曼尔拿着油壶从厨房出来了。她把油壶放在我旁边，问道：

“艾麦乐太太，你怎么了？”

“没什么，就是有点冷。”

“今天天很冷，要不要我给你拿个毯子过来？”

“不用，还没到这个地步。”

吃完早餐，洁曼尔问我想不想看电视，我对她说：

“不了，你就坐我旁边吧，我感觉很烦闷。”

她说：

“那我继续讲我的故事吧。”

我淡淡地回了一句：

“随便。”

她深深吸了一口气：

“我爸妈死后四个月，我就嫁给了马吉德·麦尔胡尼。我要是在村里的话，就不会这样，村里人要过好多年才能从失去亲人的痛苦中走出来。可我有什么办法？当时我孤苦伶仃、懵懵懂懂、年幼无知，对巴格达又爱又怕。结婚四年了我一直没生孩子。有一天我跟马吉德说，阿拉维亚医院能帮我们，为什么不去检查一下呢？他生气地看着我，问道：

“你从哪儿听说的？”

我迟疑了一会儿，告诉他是从邻居乌姆·拉巴卜那儿听说的。他拍手着大喊：

“看吧，就说是妇人之言。如果真主愿意的话，就会赐给我们孩子，乌姆·拉巴卜说的是另一码事。”

“但她就是通过这家医院在结婚六年后生下了拉巴卜。”

“她和你说了她怎么生出来的吗？”

“没有，就只说是人工受孕。”

“什么意思？”

“我不知道。”

他使劲拍了一下大腿，说：

“这太丢人了，我不想为了生个孩子这么丢人。”

他气冲冲地出了门。我想找乌姆·拉巴卜求助，让我明白为什么马吉德那么生气，可我又打消了这个念头，或许我问这种事也会让她感到羞辱。

洁曼尔不说话了，叹了一口气……我问她：

“后来你也没生孩子？”

“他不能生育，第一次结婚时自己就知道了，我对此毫不知情。他临死前才和我说起。结婚一年后他前妻就让他去看医生。确诊他不能生育后，他俩就开始为一些鸡毛蒜皮的小事吵得没完没了，之后就离婚了，这都是他肾衰竭病情越来越严重之后告诉我的，死前他一直被病痛折磨。”

她痛哭流涕起来，好像她丈夫前几天刚过世一样。我开始安慰她道：

“求你了，我受不了。不是和你说我很郁闷了吗？”

她擦着眼泪说：

“对不起，不知道怎么说到这些了。我还想着让你轻松一下的，结果让你更郁闷了，原谅我吧。”

“洁曼尔，要是你难过的话，就想想我们国家的不幸吧，它在水深火热里。”

我还没说完，她就起身了：

“我去开电视。”

我跟着她走到客厅，电视里正播着战后第十天的新闻：

巴格达市中心和周边发生猛烈爆炸，一枚火箭击中新闻部大楼第十层，另一枚在附近爆炸

巴士拉、纳西里耶遭封锁 居民大规模集体迁移

北方盟军频繁活动，开辟新战线

五名联军士兵在巴士拉遭绑架

因轰炸逃难的祖拜尔居民露宿野外

纳杰夫市第一起汽车炸弹行动针对美军检查站

巴格达猛烈轰炸致 86 名平民死亡，701 人受伤

新闻部发言人称，伊军击毁了5架战斗机、6架侦察机、4架直升机！

伊拉克敢死队的两名士兵被杀，二人曾试图投奔盟军

伊军从恰姆恰马勒及多个据点撤离

巴格达遭到新一轮轰炸

洁曼尔时不时诅咒一下总统，没在我面前晃来晃去了，从伊拉克焦灼大地上燃烧的战火中，她找到了熄灭她个人怒火与神经质的炮弹：

“大家劝他从科威特撤出，不要拿你百姓的鲜血开玩笑，他就不听，一心惦记着科威特的石油，把咱们全国都烧掉了，还想吞并整个海湾，统治它。”

我再次提醒她这回打仗和科威特没关系，她回道：

“就是一条链子，让我们落到现在这地步，跟伊朗打，咱们死了一百多万条命，成千上万人不是残疾了，就是失踪了，几百万女人成了寡妇。沙漠要是会说话，肯定告诉全世界，沙子下面埋了多少条命。”

她的胸脯起起伏伏，越说越激动，愤怒的火山爆发了，没人能堵上。稍微平静些许后，她继续说：

“真主啊，保佑我们吧，我们受够了战争和折磨。保佑我们吧，熄灭这罪恶的战火吧。”

讲完一段她的故事，洁曼尔就沉睡过去，留我一人陷入回忆。她说：

“马吉德·麦尔胡尼什么也没给我留下，他死前给了我五十

第纳尔，那是他剩下的所有积蓄了，大部分钱都拿去看病买药了，结婚买的项链我也拿去卖了，那是他给我买的唯一一条项链。我不得不去他之前工作的店里做垫子、编篮子，那家店就在沙瓦卡集市，离我们租的房子不远……我活得好不容易，但真主可怜我，让我遇到了贾巴尔，是他救了我……一天早上他来到店门口,要了好几个篮子。他没砍价,反而多给了一倍的钱。我想把多的钱还给他，他不肯拿，说没多少钱。他问我：

“够你家人开销吗？”

我告诉他：

“我没有家，我丈夫死了，留的遗产就是你看到的这个铺子……”

他似乎有些动容。过了段日子，他又来到店里，让我去他家干活。我起初拒绝了，还用怀疑的眼神瞥了他一眼。

他说道：

“放心吧，你和我妻子一起生活，可以过得体面一点。”

我回他：

“让我想想吧。”

他说：

“我明天过来。”

我静下来想了想，如今没有多少人买垫子篮子了，这门生计正在慢慢消失。以前大家都要用，现在只不过少数人拿来做装饰，我赚的钱都不够交房租、店铺租金和维持生计的。马吉德会编床、椅子、笼子，可我做不了，所以第二天贾巴尔先生来的时候，我答应了。

“我可以去，不过每星期得有一天休息日，好让我回家看看邻居。”

就这样，我进了你们大好的府邸，真的是满心知足，可是以前我每天都会在集市上或者跟邻居唠叨一下，现在却没人听我讲了，尤其是把租店合同了结后，不久又把租房合同了结了……唉，艾麦乐太太，我好想跟你坐下来，聊聊满脑子的故事，但又不能那样。我知道分寸，也尊重别人的秘密和生活方式。

洁曼尔叹了口气，继续说：

“我这一辈子都会对贾巴尔先生忠心耿耿，我祈求真主保佑他好好的，他让我不再受穷了，他心肠好、大方、仗义。”

像是有人扔了块石头砸中了我的头，或像是把我拽到悬崖峭壁边，让我反省一下我想当然的事情，洁曼尔就是这么做的。她揭去了我双眼蒙着的绷带，重新审视我。我重新看清楚贾巴尔，与我之前认识的那个他截然不同。是的，他心肠好、大方、仗义，尊重我，除了不让我单独出门、不让我和别人交往，其他方面都很大方。我并不恼怒，必须承认自己爱上了这里富足的生活，曾把这座府邸叫作金丝笼，后来又叫它“监狱”，我任性地躲在高耸的围墙后，将过去一切抛在脑后，钱能带来安宁幸福——这是我的看法，我的信仰。贾巴尔源源不断的礼物让我欣喜，周围的一切让我迷恋，花园的美妙让我沉醉，等到农夫一走开，我就在那里消磨大把时光。对于农夫，我一无所知，除了他被唤作“阿布·侯赛因”。

在府邸里很多事我都被允许做，不被允许做的都是些无足轻重的小事，比如不能跟农夫聊天、不能给洁曼尔加薪、不能掺和政治话题，尽管贾巴尔想让我读点政党方面的书。每次问他沾上一丁点儿政治气味的问题，他都会让我吃闭门羹：

"亲爱的，你这小脑袋瓜就别想那些复杂的问题了。国家有领导人，只有他们明白怎么掌舵。"

有一次，他又用同样的话回答我时，我斗胆说：

"事实上，这些年就一个人掌舵，不让别人碰这个舵，哪怕船要沉了。"

当即贾巴尔用很害怕的眼神盯着我，还打量了一番四周。从他的表情我感觉，我的话让他非常不舒服。短暂的沉默过后，他说道：

"要是一条船不止一个船长，那船肯定会沉。"

我想说点什么，他却起身了，抓起我的手进了他书房，拿出一张纸，在上面写道："别再多嘴政治上的事了，屋子里可能装了监控摄像头，我们看不见的。"

我不寒而栗，这么不相信一名和总统关系密切的军官，到了这种地步？

从那天起，府邸里有点动静我都会害怕，尤其是在浴室赤身裸体洗澡的时候，身体都可能暴露在摄像头下。我开始检查任何可疑的污点或小洞，哪怕是钉子、按钮，或吊灯灯泡间的电线，甚至连灯泡都检查了，总感觉有好多双眼睛监视着我，看着我，而我却看不见它们。我再也没谈过政治，也不敢低声唠叨什么，每次开口都要反复斟酌，生怕说错了什么。要是和政治沾上边，我就把话咽回去。那时政治对我来说就像长着利爪的妖怪，在我从喉咙口蹦出字之前就会逮住我……也许正是从那天起，华丽的宫殿也好，镀金的笼子也好，变成了一座监狱，而我作为府邸的女主人，成了监狱里的人质。

洁曼尔问了我一个问题，我才注意到她，她说这已经是问第二遍了，我刚刚走神了：

“艾麦乐太太，您觉得我们军队能打赢美国吗？”

我不假思索脱口而出：

“也许吧。”

她说：

“科威特战争就是一场灾难，眼看着城市一个个沦陷，我们都以为科威特要灭亡了，结果那人回来了，连吃败仗，美国部了兵，他葬送了几千年轻人，自己被从科威特赶了出来。这难道不奇怪吗？

“这回不一样了。”

她摆了摆手，说：

“原谅我吧，我没法相信，美国是靠不住的。我们总统是条猫，有七条命，他会站起来的，跟以往一样替百姓报仇。”

我努力避免再卷入话题，就不吱声了。然而洁曼尔用另一个问题打破了沉默：

“艾麦乐太太……我到现在也搞不清楚……你是喜欢总统，还是讨厌他？”

我顿了顿，想要找答案，却没找到，于是说：

“洁曼尔，我不知道，真的不知道。”

她很惊讶：

“你怎么会不知道？喜欢与讨厌的问题是有答案的，人要么喜欢，要么讨厌。”

她让我非常惊讶，不禁想：对于事情，这位农村女人比我看得透彻。我对她说：

“我还没有问过自己类似这种问题，尽管我脑子里还没忘掉我妈对整个伊拉克政府的仇恨厌恶。洁曼尔，喜欢也好，讨厌也好，每个人都有自己的原因。”

洁曼尔一连串的问题就像鞭子抽在身上，没停过：

“你母亲讨厌它，为什么呢？”

“因为我爸在跟伊朗打仗时，没了下落。”

“那你肯定跟你母亲站一边了，跟贾巴尔先生结婚后你态度动摇了？”

“也许吧，我不清楚我爸怎么就没了下落，他失踪时我还在我妈肚子里。”

“这事和你爸失踪没什么关系，你没必要这么纠结。这人不停地打仗，悲剧就一场接一场，害得所有人家破人亡，死了多少人数都数不清。”

“哪有打仗不死人的？”

“哎，艾麦乐太太，你还年轻。你要是尝尝我们穷人的生活，最终就明白所有的不幸就是因为打仗。”

我转过脸去，害怕洁曼尔看透我隐藏在皮囊下的一切。我一直逃避贫穷的过去，她无意间又把我带了回去。她一直以为，我长这么大都生活在府邸里。我很害怕我们之间的最后一道墙也轰然倒塌，不知道到时候她会怎么看我。

我没再听她说话，内心深处冒出一个声音说：洁曼尔啊，现在我们是平等的了，都背井离乡，都惶恐不安……她起身时，我听见她说：

“我去开电视，但愿有点让人安心的消息。”

怎么安心？哪里有安宁来到内心？不幸时刻盘旋在巴格达、巴士拉、纳西里耶、摩苏尔和其他城市的上空。各个电视台像是火狱嘶吼着：

“还有吗？”

第 11 天满是死亡与毁灭：

纳西里耶发生激战

电台附近萨利赫亚大街发生爆炸

卡拉达市多人死伤

屏幕画面全是被烧焦的残肢断臂，丝毫不顾及观众感受。接着播音员出现了，面带微笑，播报最新统计的死亡人数……我内心极度愤怒：他为什么还微笑呢？我切换到另一个频道：

伊拉克人开挖的战壕灌满石油，浓烟四起，与爆炸云混合

摩苏尔猛烈轰炸从黎明起一直持续

巴士拉机场路发生连环爆炸

美方官员宣称联军距巴格达 69 公里

钻地导弹发射恰逢各大清真寺开始祈祷

美伊在阿布赫希卜交火，导弹使得巴士拉昼夜难辨

“你为什么要写这种折磨人的事？”

洁曼尔问我，她将我从屏幕的熊熊烈火中拉了出来，我回道：

“免得忘了。”

她又问：

“我们忘得了以前的战争悲剧吗？它们是刻在脑子里的。”

面对过去，洁曼尔总是能给我一记耳光。我手无寸铁，无力保护自己，不过反抗道：

“那时哪儿打仗了，就当地痛苦，别的地方发生了什么我们不知道，只能听别人说，没有卫星频道可收看。现在从电视上能看到在伊拉克发生的一切。你和我，离战争和炮弹很远，我要把看到的都记下来，可能有些新闻是捏造的、虚假的、夸张的、并不切实的，谁知道呢，记者们没准在夸张。我从记下来的东西对比一下，就能发现真相。

洁曼尔简洁了当的回应再次搅得我心烦意乱：

“图片不会骗人的。”

“洁曼尔啊，你能不能别争了？”

“对不起，我本想宽慰你一下的。”

“你的一堆问题反而让我更难受，这是火上浇油，知道吗？”

洁曼尔不说话了，脸色耷拉下来。我起身走开了，让她自己待在电视前，看死难消息看个够、记清楚。谁知道呢，没准哪天那些新闻会成为她坐在门槛唠叨的谈资。

天很冷，极其寒冷，我两脚似乎结了冰，自从暖气停掉后，床一直潮乎乎的。头晕，几乎让我抬不起头，那个祖海尔——他说来看我们的，却一直没来。我喊洁曼尔，她立刻过来了：

"屋里太冷了。"

"我给你拿取暖器。"

"不用了，过来跟我睡一起吧，给我讲个故事，没准我就睡着了。"

像沉寂已久的火山突然喷发了，在我的鼓动下，洁曼尔的思绪放开了，我的也如此，不过仅仅朝着自己的内心敞开，反复思索，想找出一点点跟那位女作家的关联——那个窃取我们家族史，对它随意捏造、增减、切割、夸大的作家。她为我安排了一段命运，她都无从解释其原因。现在我和洁曼尔身处举目无亲的异乡。在安曼共处的经历破开了洁曼尔的心锁，让她说出了自己一个个悲伤而可笑的故事：

"艾麦乐太太，你知道吗？回忆像治病的药，哪怕只能治点小毛病。马吉德·麦尔胡尼去世那会儿，我跟你一样不知道怎么活下去，觉得自己孤零零的，失去了保护。没了男人，女人就像一个园子被废弃了。我们需要男人保护，才不会变得凄惨。不过有时男人也给女人带来灾难。女人没了男人，生活就停下来了。男人没了女人，还能跟另一个女人继续过日子。要是就我妈一个人在车祸里死了，我爸肯定没多久就再找个女人，我妈不过是偶尔让他想起来的过去，甚至都想不起来。要是我爸一个人走了，我妈这辈子都在痛苦里挣扎。要是我死了，马吉德·麦尔胡尼肯定像那些死了老婆的男人一样，再娶一个，可我呢，到死一直都为他悲伤。"

洁曼尔说到这儿，我想起了我母亲，仿佛看到家门口坐着一堆女人，而我还是个小女孩，坐在她们中间，听她们唠叨着男人们怎么没了踪影，故事点点滴滴全是悲伤，转瞬又带着怨恨消失。后来我长大了，就躲在房间里看书或听雅尼的音乐，母亲带着一如既往的悲伤坐在门口，耷拉着脸，我不管她，就听见她要么自言自语、要么跟她朋友唠叨：

“这姑娘再这样一个人待下去，估计会疯的。”

我在心里嘲讽她：

“我妈要是再这样难过下去才会疯，没准最后进沙玛利亚医院。”

母亲就这样硬是闯入并盘旋在我脑海，带我回想起饱含贫穷痛苦滋味的日子。我自以为摆脱了过去，其实不然，我没能把过去抛开，走到哪里它就跟到哪里。哪怕在异国他乡，母亲也追着来了，反复絮叨她那些故事——最初我饶有兴致，听多了就觉得索然无味：“怀上你时偏偏是打仗打得厉害的时候，你爸走之前不知道我怀孕了。生你的过程不困难，你让我觉得好日子来了，有盼头了。我说穆斯塔法会回来的，看看真主赐给他的礼物。这么多年没了音讯，我的感觉告诉自己，他会回来的。”

有一次我问过母亲：

“要是他回不来了呢？”

她哽咽了，用惊恐的眼神看着我，我慌忙极力缓和一下这个问题的打击：

“我就假设一下。”

她斩钉截铁回答：

“我从来没有想过任何假设。一旦想去假设，假设就会变成事实。”

过了一会儿，她开始诅咒战争和指挥打仗的。她告诉我，我爸是个文人，在大学教书，绝不会冲动得奔向战场。他被召唤时非常果断：我们是在战火中被烧着了的柴火，照亮统治者虚假的荣耀。

他能怎么样？没人能拒绝或抗议安排给自己的命运，这样他去了烽火连天的前线，留了一把火在我心里，从他走后，我心里的火从没熄过。

我小时候会问母亲许多关于父亲的问题，慢慢地越问越少，后来便只字不提。挂在墙上的照片不再让我渴望他能回来抱着我。我越长大，越有其他想法。他回不回来，对我来说已经无所谓了，那时有些奇怪甚至极端的想法冒出来了。没准哪天命运将他抛到我们家门口，他的笑容、眼中的光芒、唇齿和乌黑的头发都没了，没人能认出他来。或许他像我期盼中那样，是一名严父，我俩就此不再往来。或许离开了这么多年，他对母亲的爱意已荡然无存，母亲后悔自己坚持等了这么久，跟我一样觉得他是一个陌生人，除了名字外一无所知。又或许他怀疑我不是他亲生的，不肯认我。谁知道呢，这一切都有可能，没准会出现更多意外。

我不再去想母亲那些往事时，洁曼尔早就睡着了，我跟周围跳来蹦去的精灵在较劲，它们让我无法合眼，让我痛苦地不断追问。

黑红色的雨，雨带着凝结的鲜血的颜色，带着死去的梦想的颜色，那是战争轮子疯狂织成的雨，乌云在燃烧，战争爆发的第十二天，一切都那么漫长：

巴格达南部扎夫拉尼耶村被轰炸

纳西里市耶沙塔拉地区遭袭

执政党多处驻地和官员住宅被轰炸

新闻部附近遭遇新一轮轰炸

巴格达东西部及郊区多地起火

艾敏区被轰炸，四名平民死亡，其中三名为儿童

艾布哈希卜、祖拜尔桥、巴士拉周边战役更猛烈

美国海军陆战队进驻沙塔拉

谢尤赫集市 42 人被杀身亡

巴格达再遭轰炸。黎明至中午一点半已发射七枚战斧巡航导弹

联军宣布俘虏 800 名伊拉克人

巴格达市中心发生两起爆炸和多起大火

晚上十点半巴士拉遭猛烈轰炸

这是部分死亡人数，然后呢？谁能阻挡这种疯狂？

六

小说不再能困住我了，我停止了对故事情节人物命运的关注，无心关注那些梦想了，那些人物朝着命定的方向前行。抛开被砍了头的艾米莎·苏米拉姿，我踏上了崎岖的命运。然而梦想无法展翅翱翔于希望的云彩之上，因为我的双脚和羽翼撞上了坚硬的地面,再也飞不起来,听着雅尼的音乐也开心不起来，钢琴弹奏的重音落在胸口，几乎能击断肋骨。

是谁在操纵这出恶作剧，用缠绕交错的线勒住我的脖子？它把我往意想不到的歧路上拽，我怎样才能走上自认为正确的坦途？美如春花的我怎么会变了个人，镜中的模样甚至令我害怕。我是不是一直在昏睡，醒来时发现自己身处无边无际的沙漠？就这样，我的梦支离破碎，从我身边逃走，躲得远远的。我一个劲地追，却怎么也追不上，迷了路，气喘吁吁就好像在追逐海市蜃楼，它起伏不定，闪亮的光芒诱惑着我，可当我伸手去抓时，什么也没抓到。

我动身前往市中心，从乱糟糟的思绪和战况报道，来到熙熙攘攘的街头。但在汽车、商店、小摊和咖啡馆里，战争如影随形。我装作不在意，像一名迷路的游客，漫无目的地走着……往哪儿去呢？

到了美人鱼大街，在一处古代碑刻前我伫立良久，它证实被遗忘的人们曾经过着怎样的生活。我沿着通向哈希姆广场的路走，在广场公园的石凳上坐下，时而看看过往的行人，时而望向商场和咖啡馆的橱窗。多种伊拉克口音七嘴八舌谈论战争，我只能断断续续地听到一些，所有人都匆匆走过…… 我感到失落，脑子里乱糟糟的。多希望我的灵魂搭乘飞船，落在遥远的银河，远离那些不认识我的面孔。倘若他们认识我、了解我的遭遇，会同情我，这样我愿意从安曼任何一座高山上纵身跳下，跌入深渊，或者躺在他乡的床上，吞下致命的毒药。

粉红色的美梦怎么会变成如此黑暗的噩梦？纯粹、透明的粉红色怎么会变成污浊的泥土的颜色？种子怎么会在长成茁壮大树前死去，虫卵怎么会在化作蝴蝶前就夭折？母亲为什么要把我从哈希姆广场拉回遥远的家中？她依旧穿着那件自从我出生以来她就从来不变的黑袍，她是不是曾发誓，我爸回来前她是不会换掉这种颜色的。我曾经告诉母亲：你就生活在一潭死水里，年头都从自己手里跑光了，却拒绝改变自己的命运……她回答：命运早就注定了，我不过听命而已……

我打断她说，这是弱者逃避现实的托词，因为如果命运愿意的话，总有一天会垂青于他。母亲沉默不语，我继续说：你亲手毁了自己的生活，也会毁了我的……她盯着我，皱着眉头说：我担心你等到明白生活时太晚了…… 我固执地回道：总比不明白好。

现在的我，陷在一潭死水中，等待一个男人的出现——不知道他是在指挥战役，是躲在屋里，或是举起白旗向美国投降？我是不是需要一处门槛，坐在上面哭一哭自己的过去？

突然，一只小鸟从我头顶的树上掉下来，瞬间把我从巴格达拉回安曼。它扑腾着光秃秃的翅膀，金色的毛绒从它粉嫩的身上抖落下来。过了几秒，鸟妈妈落在它旁边，想让它飞起来。小鸟扑腾着翅膀，啾啾叫，却飞不起来。鸟妈妈一次次地尝试，最后把它衔回了窝。

我多么需要有人扶助我、拯救我，带我回到那儿的小窝，住在母亲家的小女孩，围着她，围着看挂在墙上的父亲的照片，仔细看他的模样，跟他讲我在学校的见闻，答应他要好好完成学业。

现在父亲的照片在哪儿呢？仍然挂在家里墙上吗，还是法图玛住进去后小屋倒塌，关于父亲的回忆就此失散了？父亲的双眸透过玻璃是否依旧闪亮，还是玻璃已经碎了，战火烧毁了他的双眸和头发？母亲是否知道发生的一切，然后冥冥中庇护着小屋，让照片留存下来，还是说她光顾着追寻迷失的女儿，幸灾乐祸地嘲笑她的梦想？

我的第二个家——那只金笼子、那座舒适牢房，现在怎么样了？门卫还在门口吗，还是已经跑掉，把它丢给了残忍的命运？

我注意到两个男人——一个小伙子和一位上了年纪的男子在离我不远处坐下，操着一口伊拉克方言聊起天，两人对话刺痛了我的神经：

“我跟你说过，要是政府垮台了，我就从安曼走着回巴格达去，我发誓。”

“发誓前你得好好想想，美国不会把伊拉克还给伊拉克人民的。”

“要真是那样，我们就用武力把它轰走。”

“像你这样的人什么都没有，哪儿来的武力呢？”

“必要的话，我们就跟魔鬼联合。”

“这么说是不负责任的。”

“叔叔，我们都太累了。战争掏空了一切，害得我们四处流浪，就盼着国家跟以前一样好好的，我们自己好好的。”

“没错，但是有占领军在，好不起来的。”

“以前我们过得好吗？先得推翻政权，剩下的就好办了。”

“我们还得为此流血，比你想象的要多。”

“从古到今，人们为了自由付出了太多代价。”

“别再想这些口号了，时代变了，人也变了。”

“我不懂，你是支持现政府继续在台上吗？”

“现政府或美国，我都不支持，就是希望现政府倒台，伊拉克人民亲手推翻它。”

“伊拉克人做不到。”

“这不能作为他们跟外国人结盟的借口。”

一个卖茶的男人过来,两人都不说话了。小伙子做了个手势，要了两杯茶，两人默默地喝起茶来，我希望他俩继续聊，自己也能加入其中。可我刚做好准备，二人就起身下了阶梯，朝着罗马剧场那边走去。

我拖着身子走回公寓，洁曼尔正全神贯注地盯着电视看。等见到我回来了,她立刻起身,想给我讲讲看到的新闻。我说道：

“让我自己看吧，我想喝点茶。”

她进了厨房，我在各个频道间不停地切换，全是关于战争的新闻。

机群在巴格达上空盘旋，爆炸持续不断

一名平民被杀，因在检查站点未停下

总统府、巴格达市中心、南郊西郊遭火箭弹密集轰炸，死亡人数不详

奥委会遭突袭

七名平民途经纳杰夫时遭美军枪杀

美国防部向遇难者家属致歉

纳杰夫新一轮冲突，和平谷公墓发生交火

洁曼尔把茶盘放在桌上，评论道：

“连死人都逃不过他们的折磨。”

持续 15 小时激战后，联军进入巴士拉艾布哈希卜地区。塔努姆地区遭炸弹突袭后爆炸仍持续

“什么呀？”

我把茶吐了出来，朝着洁曼尔大喊。她拿起她的杯子，尝了一口，捶胸喊着：

“唉！我放的是盐，不是糖！对不起！我重新沏一壶茶。”

她端起茶盘快步进了厨房，我神经质地冲她说：

“我不喝了。”

可怕的新闻一条接着一条，这回还伴随着很多让人心碎的

图片。洁曼尔的声音在颤抖，喊道：

“真主在压迫者之上。”

摩苏尔新一轮轰炸；希拉区形势艰难，包括儿童在内30人丧生；伊方声明称，辛地亚巷战史无前例

各条新闻白天黑夜一直在重播，基本都一样，也有点翻新的。洁曼尔又控制不住她的慌张动作和啰嗦了：

“对伊拉克人，这都是注定的。”

我让她静一静，她却没法安宁。我差点冲她吼起来，想骂她，不过还是忍住了，不管怎样她毕竟上了年纪。我浑身像散了架一样地走回房间，彻底陷入沉默——痛苦、深刻、受了伤的沉默，是真切的、活生生的，就像刺猬的刺一样扎痛了我。当它深深扎进我头脑里时，我能感受到它；当我呼吸困难、痛苦不堪时，我试着接受它。大脑里一片茫然，听不见电视声音或洁曼尔在说什么，它慢吞吞地编织着嘈杂的外衣，起初对我低声耳语，继而毫不留情地敲打，发出尖锐声音的乐器，低沉的乐音扬起了灰尘，呛到我嗓子里，我的身体像碎裂的玻璃一样散架了。

我是在为了气母亲、回房看书听歌时学会了沉默，还是在府邸时被迫养成习惯的？除了贾巴尔，没人跟我说话。随着国家形势越来越糟糕，他待在家里的时间越来越少。

贾巴尔的面孔让我困在沉默的深渊里，深渊里什么都看不清，完全是一座没有尽头的迷宫，或是暴风骤雨中的动荡汪洋，连指南针都迷失了方向。

脑袋里的各种乱糟糟慢慢平静下来后，我心里默默编了一

串串故事…… 仿佛看到自己回到府邸，幻想自己穿上了新衣服，戴着各种首饰，轻轻采摘着园子里的玫瑰花，像以前那样把花瓣洒在床上，或做一个花环戴在胸前，或用指尖轻轻掐着桃金娘花……走进大理石浴室，浸泡在倒了几瓶香水的浴缸里，惬意地按摩身体，听着雅尼的歌，想起那天晚上跟贾巴尔一起去穆特纳比大街，我挑了几本小说。然后我们到了拉希德大街，贾巴尔说要去阿布·纳瓦斯街吃烤鱼。在拉希德大街一家音像店门口，我叫住他：我想买雅尼的磁带。他停住车，问道：

“谁？”

“雅尼，一名希腊音乐家。”

他耸耸肩，下车走进店里。过了几分钟，他把一盘带着雅尼头像的磁带递给我，惊讶地问我：

“你只听音乐？”

“嗯。”

他带着怀疑的语气说：

“你懂音乐吗？”

我答道：

“不懂，不过我会感受到它。”

“怎么感受？”

“音乐不需要解释，它就是一种感觉。要是说出来，就失去了许多乐趣……音乐是一种世界语言，滋养身心。”

贾巴尔用一种嘲讽的语调说：

“你饿了吗？”

他满脸的讥笑告诉我，让我再次肯定，贾巴尔的世界不是我的世界。在喊着“让我们去打仗”的学校里念书的他，怎么可能感受高雅音乐呢？

他盯着雅尼头像看一会儿，说道：

“恐怕这个男人很吸引你吧，或是他长得像你认识的哪个男人。”

我像面对一项针对自己的指控，欠了欠身：

“他像我过世的舅舅。”

我没有舅舅或叔叔，不过我发现谎言在类似这种时候可以省去很多麻烦。然后，我们都沉默不语了。

在府邸里，我像人质一样地存在，被孤独重重包围。当我沉浸在录音机里雅尼磁带的音乐中，府邸的围墙便渐渐退去……他的音乐在我内心施了什么魔法？我踏入的是怎样的世界，任我畅想，越过警卫、大门和监控摄像头，在那个世界翱翔？

我看见雅尼在身边陪伴着我：我们漫步在露珠晶莹的草坪，周围是广袤的田野，他牵着我的手，向我诉说内心的痛楚。他深爱着琳达·埃文斯，为了帮她治眼睛定居美国，但却被爱人抛弃，只能独自回忆……我们在湿漉漉的草丛面对面坐下，他的眼眸里藏着无尽的伤痛……他问我：

“你呢，你心里的爱是怎样的？”

我把心里各个角落搜罗了一遍，发现那是一片荒芜的沙漠。不过我编了段故事，告诉他我很早以前爱过一个男人，但该死的战争把他带走了，很多男人都这样被战争带走的，留下母亲和爱人面对心灵的千疮百孔……他想听我继续讲下去，我借用他所作曲目的名字说：

“《很久了，我的朋友啊》，我们一起漫步在《十一月的天空》下，漫步《在雨中》，一名警察叫住了我们。他看了看我朋友，要求出示证件。检查完后，警察说：你应该去前线打仗。我朋友被带到了警署。第二天《迎着晨光》，他被一些人带走了，再也没回来。从那天起我再也没见过他，只能听到他捎给我的《黑暗中的低语》。”

雅尼为之动容，答应将这感人的故事谱写一首乐曲，大概会命名为《他在那儿消失》。在我们走出那片田野前，他给我上了我从来没学到的一课。他说，如果长时间因为感情问题郁郁不乐，他会在某天早晨醒来时看一看永恒的太阳，这样就感到已经治好了心病。

自从第一次做了关于雅尼的梦，他的音乐就一直陪伴着我，他成了我亲密的朋友，甚至允许他“上”了我的床。我丝毫没有负罪感地把贾巴尔的脸想象成他，算是为自己的青春报仇吧。毕竟自己年纪轻轻就嫁给上了年纪的他，我心里把他叫作褐色老头。

不受控制的想象力啊，我明明清醒着，却又欺骗自己。我幻想自己偶遇了雅尼，立刻跟他发生了亲密关系，忘了他对琳达·埃文斯的爱，同他一起周游世界，去“泰姬陵”“紫禁城”，去所有他去演奏过的城市，伴着乐曲与他共舞。

我从梦中走出来，发现自己仍然躺在床上，沉默无语，摇摆不定如同一片颤巍巍的羽毛，没有飞到天上，也没有掉落在地……这时一阵痛哭声从被子里传来，像是我母亲的声音。如果她还在世，是在为父亲悲恸，还是在为她唯一的女儿痛哭？

我知道母亲已经去世了，却还在试图抓住她掩藏的一些东西……我努力从电视台各大频道里满是死亡的新闻中逃出来，却逃向了另一种死亡——那些日子里，母亲织着已经褪了色的纺线，她的青春就那样消磨着，从过去的一切事物中寻找父亲的痕迹……这一次，我自己主动来找母亲了，向房间墙壁上的影子诉说内心的困惑。那影子中有一点斑驳陆离的光，却没能照亮我灵魂中的黑暗，也没能挡住各种问题涌上来：一个不乏美貌与智慧的女人，为何要榨干自己，去赌一个随岁月已逝、失去本味和欢愉的梦？父亲是否值得她如此坚忍、去尝尽生活之苦？还是说母亲习惯了当牺牲品，不愿改变？

光影逐渐破碎，直至消失。母亲远去了，撇下我独自感受着孤独。漂泊在安曼、没人联系，让我感到害怕。祖海尔躲哪儿去了？他跟贾巴尔是什么关系？他是对贾巴尔的情况完全知情，或只不过奉命行事，之后再也没收到任何人的命令？仅有的一丝光线开始变得微弱的时候，孤立无援的我该如何同生活做斗争？我如何安排自己和洁曼尔的生活？要是没有她我该怎么办？此刻说出她的名字，我自己都有一种奇怪的感觉，我竟然在痛苦的心头中为她腾了一块地方。我知道这样能稍微平息自己动荡不安的灵魂……我喊她，一遍，两遍，喊到第三遍时，她赶忙过来了：

“艾麦乐太太，对不起……我刚才没留神。”

我指了一下，于是她钻进了被窝。她问我：

“还没睡？”

我告诉她：

“还没有”

她回道：

“快睡吧。”

我没说什么，她轻轻地拍着我的肩，说：

“我给你讲个老故事，你就能睡着了。”

就像妈妈给孩子讲睡前故事一样，她说道：

“很久很久以前，那时候我还没出生。有个叫马利克的农民爱上了邻居家的女儿。这个女孩叫马利克娅，我不知道为什么两个人的名字这么像。他们只是归谢赫所有的财产而已，没有土地，甚至没有权利决定自己的生活。他们同祖祖辈辈一样，一起耕地、播种、浇田。要是有机会，就到枣椰树的树荫下和葡萄藤架下谈情说爱。马利克会给马利克娅唱民歌、吟诵写给她的诗。马利克娅的爸爸知道之后，向马利克的爸爸抱怨：你儿子犯了大错。你要是不管管他，会酿成丑闻的。可是马利克丝毫没有退缩，所有人都开始对他俩的故事议论纷纷。两家爸爸为了让大家闭嘴，就准了这门婚事，两人终于结婚了。两年后马利克娅在枣椰树园里生下了我。她提着菜篮，吃着椰枣，走起路来像一只鸭子，走累了，就倚着枣椰树的树干坐下来休息，突然她感到肚子阵痛得厉害……没人帮忙接生，她没喊没叫，也没喊叫找人帮忙，我就来到了这个世上。父亲还没见到我，母亲就给我起好了名字，叫“洁曼尔”，她把我放在一堆菜之间，挎着菜篮回了家。

父亲非常爱我，自从有了我之后，母亲没再生孩子。至于原因，我不清楚，我想她自己也不清楚。不过父亲并没想再娶别的女人。我的童年很快乐，在田野和花园间玩耍，过得很开心，我曾以为那些土地是属于所有农民的财产。我在乡村的小河里游泳，享受着歌声飘荡的丰收季节。可惜童年很快就过去了。我意识到，除了泥巴房子，我们一无所有。建泥巴房子的地是凯伊德谢赫的，田地花园和人们的身体也是他的。凯伊德谢赫每年都要娶个老婆，儿子女儿数量连他自己也不知道，甚至不知道这个儿子或那个女儿是哪个老婆生的。

相比于跟姑娘们一起的玩耍，我和小男孩们比较玩得来。十岁那年，母亲指责我道：

“姑娘，这不成体统，你现在十岁了，要跟男孩们保持距离。”

从此我离得男孩们远远的，但和马吉德·麦尔胡尼还是很亲近。母亲再次指责我：

“姑娘，这不成体统，离马吉德远点，你是女孩，他是男孩。”

我问母亲：

“怎么不成体统？”

母亲被我问得很生气：

“就是不许。”

“妈，为什么不许啊？”

“真主说不许。”

我不明白……远远地看着马吉德，我黯然神伤。他一朝我走过来，我就跑开……一天早上，他抓住我，问道：

“你为什么躲着我？”

我把手从他的两手间抽出来：

“别碰我，离我远点。”

他朝我吼道：

“为什么？”

我说：

“不许…… 真主不许，你是男生，我是女生。”

我跑开了，身后传来他哈哈大笑。从那天起，我们就这样远远望着彼此……有一次我在小溪边闲逛，把脚浸在溪水中。他在我耳边轻声说：

“姑娘，我要娶你。”

我们就这样开始恋爱了。当他爬到枣椰树顶上时，他妈妈喊他，警告他：

“够啦，马吉德，你都爬到树顶了，快下来，孩子。”

他大声喊道：

“我想跟洁曼尔在一起，我爱洁曼尔，妈妈。”

他妈妈迅速瞥了我一眼，朝他喊道：

“你爱椰枣，还是洁曼尔？”

我没上过学，学校离村子很远，只有男孩子有机会上学，我们女孩子去“毛拉”[①]那里背诵《古兰经》。我可以把《古兰经》全文背给你听，但不会写字。结婚后马吉德费了很大劲想教我写字，可惜我的脑袋跟木头似的，除了谈情说爱，什么都不懂。我打小就喜欢马吉德，那时的爱就像刻在石头上一样……艾麦乐太太，你知道吗？我到现在还活在对他的回忆里。这些年我总在反复回忆我们的过去，就像不久前发生的。

她也跟我母亲一样，自己幻想，指着它过日子，区别就是她知道自己爱着的男人最后怎样了，能宽心了，而我母亲还不知道父亲的下落，就含恨离开了。

---

① 译者注：毛拉 (Mawla)，伊斯兰教职称谓，今为从清真寺经堂大学或经学院毕业，具有较高宗教学识的宗教人员的通称。

这天早上，我从睡梦中惊醒。揉揉眼睛，望向房间的角落，我看到了她……看到了我母亲，她被一层透明的烟雾包围着，不过还是能透过云层看到她忧愁的面容。她像一株从地里被拔起的植物，穿过云层朝我走来，幽灵般地站立着。她伸开双手，默默地向我道别，然后回到云层。云层渐渐变得浓密，转眼间母亲消失了，烟雾也消散了……我不知道这是美梦，还是类似现实的噩梦，或者就是现实，跟噩梦一样……也不知道灵魂的玄机与亡灵的世界。母亲的举动让我烦躁不安，她为什么召唤我？她为什么不停地追随我？为什么在我需要冷静安宁的时候吓唬我？

洁曼尔做完礼拜后，我把刚才看到的讲给她听。她说：

“她的灵魂在你周围转，是保佑你平安，烟雾消散就是说伊拉克的战火就快消停了。艾麦乐太太，这是好事。”

我们跑到电视机前，看看战势有没有稍许缓和。战争已经打了十四天……从整个白天，看到深夜，都没发现任何缓和的迹象。很多电视台含蓄地播送着新近发生的系列突袭破坏事件：

希拉、卡尔巴拉、纳杰夫地区战火持续

联军越过底格里斯河，切断库特与巴格达间道路

巴格达国际展览馆附近遭轰炸，卡尔赫区一处总统行宫遭袭

巴格达郊外被导弹夷为平地

斯纳克市通讯网遭轰炸

地方电视台直播中断，巴格达市中心遭猛烈轰炸

巴士拉遭持续突袭

卡尔巴拉巷战持续

B-25轰炸机自清早对摩苏尔轰炸，致21名平民丧生，摩苏尔附近山区遭密集轰炸

联军大举向北挺进

多城启动地面防御系统，却无济于事

巴士拉遭遇最猛烈突袭

所有频道的画面都雷同：战火、硝烟、死亡，不知道哪一刻生命就走到尽头的恐惧。

“阿布扎比”电视台在一处南方女人们的聚集地进行了拍摄，她们境况很糟糕，茫然不知所措，四处打听杳无音信的孩子们下落：一位母亲在找三个儿子，另一位在哭自己的独子，还有一位不知道儿子是遇难了还是失踪了。

洁曼尔哽咽着泪水：感谢真主，让我没生孩子，不然我现在就跟她们一样了。她转头看了一眼我，泪水滴落：

“灾难啊！艾麦乐太太，现在发生的就是灾难啊！”

我讥讽她：

“这也是好事……对吧？”

她长叹了一口气：

“形势越发不好的时候，就越能看清楚。这是我们从生活中学到的，这场灾难不能再继续下去了。”

我觉得很累，就像背负重荷走在一段上坡路，手无长物、缺少庇护，没有了府邸和警卫，没有了停驻门口的威风凛凛的军车，没有了那个男人——别人都向他致敬，他匆忙回应，赶

去执行“艰巨任务”。他没有时间，来去像一名访客，在我额头轻轻一吻，脱下军装，进了浴房，穿着优雅的睡衣出来，叫我到卧室去。我做好准备，就像小学生做功课一样，一味听从命令，他是我的恩人，不能让他失望，我学会了伪装和撒谎，不会流露厌烦或不情愿。装得貌似很享受，跟他一起躺在床上……我们之间灵与肉都从未有过和谐，而我却要伪装，这一点他知道，我意识不到自己在做什么，以闪电般的速度把他的脸和身体想象成任何一位电影主角，或是随意一张我不知道在哪里见过的脸，直至这项“艰巨任务”完成。之后，他要么像来时一样匆匆离开，要么沉沉睡去。我一阵战栗，脓液一样的东西从体内流出，我用水把残留物清洗干净，将脑海里依旧模糊的面孔挥之远去。

我想起来，到现在还没听过从巴格达带来的磁带，音乐或许能给我一些安全感，或者慰藉。于是我取出一盒磁带放进录音机，躺在床上听。我听出了不一样的感受，像是一个一无所有的人身处未知的世界，寻觅一只把他从井底救上来的手，可是井底开始变宽、变深……我曾经在这段音乐里无忧无虑地畅游天际，创作各种故事。直到磁带放完，我也没有找回这种感觉。我知道，人的内心状态决定了对世界的感受……我取出磁带，把它放回抽屉。雅尼的头像不再能诱惑我，再也不会在黑夜或白天对我低语，他把我扔给了贾巴尔——有一天这个男人的形象在我心中轰然倒塌，我惊讶得难以置信。当时我对他说：

“我想去看看我妈，好久没看她了。”

他用嘶哑的声音说：

“你和我姐姐乌姆·鲁阿伊一样，说得好像你妈妈还活着似的，你是说回去看她的坟墓吧？”

我说：

“是的。”

他勉强挤出一个笑容：

“亲爱的，坟墓就是一个石盖，下面就是一堆骨头。人只能活一次，死了就不存在了，这就是事实。”

我感到一把利剑插入了心脏。当他起身离开，留我待在原地沉默时，那把剑插得更深了，沉默了很久，奇怪的是我没有放声大哭，反而在努力说服自己相信他说的没错。一个男人，有这样的年纪、阅历和职位，不可能不对。

我不知道自己从何时起、如何变成了他想要的模样，原来的自己何时离开了我？为什么我总需要他来决定我做这不做那？我真的不知道为什么自己要替他辩解，为什么每次拿不定主意就会听从他的，还一直为他找借口，他实在太忙了，国家在魔鬼手中，他肩负了很多。

我说了“魔鬼”这个词？

这个词让我想起母亲生前经常说的话：“战争的魔鬼附在总统身上，成千上万的父亲会像你爸一样消失。”

每次她这么说，我都不评论。我在书和音乐里寻找自己的世界——没有什么让我困扰、妨碍我做梦的世界，现实生活中根本寻不到梦的踪迹。我对政治、战争，甚至对我嫁的男人都不感兴趣——他的绝大部分时间都在政治上，我对他的政治理想和抱负避之不及，尤其那次我说起国家这条大船快要沉了，他警告我屋里安装了窃听器之后。

洁曼尔打断了我的思绪，说道：

"我现在做饭吗？"

"我不饿。"

"你这样子我看不下去。"

"我自己也看不下去。"

"我们能怎么办？命里注定的，这个国家的战火扑不灭，古书上也说了。"

"你不是说你不识字吗？"

"听长辈们说的。"

"洁曼尔，这些话没用的。"

"我们除了说话、看电视，没什么能做的了。"

我以近乎命令的口气对她说：

"今天别开电视了。我神经太紧张了，怕自己崩溃。"

她说了几句我没搞明白的话，便去厨房了。我心里很懊恼、似乎空荡荡的。我漂浮在这片空荡中，也不知道撞到的是何物。多年来填满我脑海的梦已经被侵蚀、老化，我似乎耗完了青春，步入体弱多病的老年期。

过了不到半小时，我实在忍不住看新闻的冲动，跑去打开电视。洁曼尔拖着脚追在我身后，两人一起观看这场"死亡的盛宴"。

巴格达和往常一样率先遭袭：

叙利亚商贸中心被毁

巴基斯坦大使官邸遭破坏

半岛台记者泰斯尔·阿洛尼被逐出巴格达，记者迪亚尔·奥马里被停止工作

联军部队宣布进驻距巴格达30公里，后续消息称是10公里

仅巴格达数百名伊拉克人死于密集轰炸

美军宣称已在巴格达机场外部署，之后宣布逼近机场，伊拉克新闻部长否认

伊拉克方面数据显示，杜拉地区突袭造成14人死亡66人受伤。另据消息称该突袭造成27人死亡193名平民受伤

总统府遭遇第三次突袭

巴格达各区断电，中部南部爆炸持续

卡尔巴拉一架直升机坠毁，机上人员全部遇难；圣城纳杰夫不断爆发街战

居民区遭袭后数百平民撤离巴士拉

数十名逃难妇女儿童在纳西里耶和纳杰夫沿路讨水，情形痛心

我无比悲痛地说：

“他们原本生活在河边，现在渴成这样。”

洁曼尔开始发表评论：

“古书说，底格里斯河发怒了，有一年泛滥，房屋统统都倒了，树被连根拔起，所有东西都漂起来了。人畜尸体被河水冲走，到处生着各种病，活下来的也没有好的，不过生活又重新开始了。河水退了，死人和动物尸体埋在一起，建房子，农场又变成绿色的了。淹没泛滥的故事大家说起来就跟一个梦似的。”

“你讲这个故事想说什么呢？”

“艾麦乐太太，我的意思是仗会打完的，带走它要带走的，给咱们留下很多故事。国家会站起来，一切都会回到正常。”

我神经质地说：

“仗打完了，生活也不会回到正常，我们失去了太多。”

“国家不会灭的。”

“人们都死了，国家有什么价值呢？”

“你太悲观了，我以前没见过你这样。”

我没回答，按下关机键，屏幕黯淡下去了。一阵沉默后，洁曼尔说：

“马吉德·麦尔胡尼参加过人民军，他们招了他七次，这之前已经服过两次兵役了。每次他上前线，我害怕得心都撕裂了，胸口慌得厉害。真主还是想让他活着，打了那么多仗，他没受一丁点伤，命就是注定的，艾麦乐太太。”

我感到神经已经听不进去她说什么了，便进了房间，神经质地对洁曼尔说：

“别开电视。”

我在床上辗转难眠，念起以前读过的一句话：“我们在日历中错误的一页里死亡。”反复揣摩之后，我做了些改动，换了几个词，多增了几分伤感。

“我们在日历中错误的一页里生存，

离开时死去，在地点之外。”

只有伊拉克人民活在日历中错误的一页里，活在错误的时间里。

我母亲曾生活在错误的一页，悲伤如同淤泥在她心里堆积，直到死去。

我在错误的时间来到这个世上，属于软弱、衰败、孤独、陌生的时间；一个男人偶然登上了操控者的宝座，改变了生活的模样。

有的孩子生在富裕家庭，有的孩子生在河边或棚户区，他们都在日历中错误的一页来到了这个世上。

白人赋予自己权利——欺凌拉着板车买菜、清理白人垃圾的黑人。

洁曼尔生在贫苦人家，全家都是谢赫的财产；如果谢赫自己也出生在类似家庭，那他就是另一个谢赫的奴隶。

如果我父亲没有在战争中消失，我就会有兄弟姐妹，但他在日历中错误的时间消失了。

是的……我的确觉得自己就像发烧的人说胡话一样。洁曼尔的哭声打断了我的思绪，我赶紧走过去。她正盯着电视，抽泣着说：

“电视上播了一些坟墓的图片，这都被打仗给毁了，骨头散落得到处都是。艾麦乐太太，看见了么，连死人都不放过。”

她哭得撕心裂肺，我拍着她肩膀，说：

“咱们想想活人吧，大家都不知道自己死了能不能有块坟墓，还是被抛在路上，要是没人收拾，就得被流浪狗吃了。”

洁曼尔还在哭，我感到自己的心都快碎了，我抱住她，轻轻拍她的背，她慢慢止住了哭泣。

“我跟你说了，别开电视。”

“艾麦乐太太，我做不到。”

这时，屏幕上出现了贸易部长的大镜头，他表示“不需要担心粮食短缺，粮库里满满的，食品充足。”

洁曼尔气愤地吼道：

“看到了么，艾麦乐太太，老一套，跟科威特打仗时，我们吃黑大饼，多少人饿死了，缺药病死，他们还快活地唱歌！艾麦乐太太，我们不是一类人，你可能不知道，我来给你讲讲有些什么事吧，人们在垃圾箱里找吃的，孤儿离开学校，去讨饭，要么待在有钱人家门口，找扔出来的旧鞋空瓶，拿去卖给做回收的商贩。”

贸易部长继续说：“我们会分发额外的粮食，目前情况我们很放心。”他的画面消失了，屏幕上出现了一位金发碧眼的女主持，她提醒观众战争进入了第16天，屠杀仍在继续。

机场附近地区居民逃散

联军宣布在巴格达机场大厅俘虏40名共和国护卫队士兵，2500名士兵在战争中投降，320名士兵在机场内及周边战役中丧生

阿米里亚区遭猛烈轰炸

摩苏尔遭新一轮突袭。

新闻部长向媒体宣布：“我们已包围阿卢杰，胜利在望。”

洁曼尔控制不住情绪：

“真主会惩罚你这个骗子的。”

这时，两只小鸟撞到了客厅窗户的玻璃上，跌落在墙外，它们好像在打架。洁曼尔说：

“好兆头，有客人要来了。”

我讽刺她：

“我们孤苦伶仃的，哪有什么客人？”

“说不定祖海尔要来了。”

“我都忘了祖海尔，两只鸟打架跟你这说法有什么关系？”

洁曼尔靠在座椅上，深吸一口气，说：

“不知道，我们以前村里信这个。两只鸟打架，说明有人来做客，村民们都盼着来客人。”

她话音刚落，门铃响了。我们相互对视，我没说话，她起身，说道：

“我说得没错吧？”

她欢快地跑去开门，喜悦一下子释放出来……

过了片刻，她招呼我过去，从她的声音里，我察觉到了失望的情绪。果不然，门口站着一个从未见过的胖男人：

“夫人，您是再住一个月，还是退房？”

我有些慌乱：

“我没明白，祖海尔先生没给您付房租吗？”

“他只付了两个月的，再过一星期咱们就到第三个月了，所以我过来提个醒。”

“劳驾问一下，房租多少钱？”

“4000 第纳尔。”

洁曼尔吓了一跳：

“这么多！”

我立马瞪了她一眼，示意她别说话，告诉那个男人等我后天答复。

他立刻说：

“尽可能明天吧，这是我的电话号码。”

他递给我一张名片后就离开了。洁曼尔愤愤地说：

“祖海尔，你在哪里啊？跟盐粒一样怎么就消失了？”

我说：

“现在问题是祖海尔不会回来了，我们得自己处理。”

洁曼尔安慰我道：

“坚强点，真主会解决的，地上爬的每只蝼蚁都有自个的活路。”

我勉强挤出一丝笑容：

“谢谢，原来在你看来我们都是蝼蚁。”

她立即回道：

“真的，艾麦乐太太，蝼蚁比人幸福多了。”

过了一会儿，她问我：

“现在我们怎么办？”

“我想想，要么再住一个月，要么搬去便宜点的公寓。”

每次无意照镜子，看到了另一张不是我的面孔，我的目光飞快扫过去，不去仔细看镜中的样子。今天，我久久地站在镜子前，端详自己的模样——美丽与活力已然了无痕迹，渐渐凋敝。

我辍学之前，一个同学对我说过：每次看着你，我都发现一种独特的美，一种第一眼无法意会到的美。你的美唤醒感官，让感官的享受得以升华…… 当时我被他逗笑了。他说要给我画幅素描，让我看看自己什么样子。我对他说，你就照着自己脑袋里想象的样子画画我吧。他发誓说的是实话，没有什么目的……这个同学本来想跟我一样读英语专业，因为英语能打开广阔视野，了解其他民族的文化，但他放弃了，因为他父亲对英国很反感，因为他爷爷曾领导过二十年代革命。当时我还责怪他屈从于父亲的想法:你不是你爸爸的影子,而是独立的个体，应该坚持梦想，选择自己的生活方式，不用管你爸想要怎么样。他却回答说，他爸有高血压，不能激怒的。

自从他告诉我那份唤醒感官的美之后，我开始经常照镜子，相信他说的话。要不是因为这份独特的美,贾巴尔就不会追求我、占有我了。

今天，我望着镜子自问：那张脸消失到哪儿去了？为什么总是躲着我？为什么我一走近，它就变得僵硬、狰狞？

这种变化并非到安曼后才发生的，此前很久就这样了。当时以为府邸生活太烦闷无趣了，让我渐渐失去了感受美好事物的兴致。或许在读过奥斯卡·王尔德的小说《道林·格雷的画像》后，情况变得更加糟糕。那段日子我努力打消疑虑，掩饰缠绕我好几天的某种情绪，把那本小说藏到一排书后面，直到把它忘记。

今天，那些疑虑和感触挡不住地冒了出来，非常强烈，渗透了我现在的残容，把我变成另一个女人的模样——她伪装成我，偷走光鲜的美貌。我没想过逃避，盯着残容看了好久，竟然被这样子吓到了，跟道林·格雷对自己衰老丑陋的反应如出一辙。

道林·格雷是个帅气小伙子，优秀的画家巴兹尔见过他后被他吸引，为他作了一幅绝美的画像。道林·格雷看到画像反而更加痛苦，因为美貌终会消逝，而画像保持着自己的美。他希望自己的美得以永恒，画像代替自己老去。果真，随着时光流逝，每次主人做了一点坏事，画像就会变得老旧，最终变得很丑，导致道林·格雷选择了自杀。

我究竟会不会也变成那副丑恶的画像？如果真是那样，我究竟做了什么坏事？什么时候我将子弹对准自己的心脏，让它停止跳动？

坏事不一定是针对别人做的，也可能是无形的，或者使灵魂腐朽的行为。我难道在不知不觉间腐蚀了自己的灵魂？

我凝视自己，看到了目光中的狠毒和面容中的残酷，看到了内心深处的恐惧，它让我变得扭曲。不，在镜子中看到这些的不是我，而是那个试图摧毁我的另一个女人。

我正在整理随身带着的寥寥几本书，摆到书柜一边，洁曼尔进来说：

“你需要我做点什么吗？然后我就去睡了。”

我说：

“过来，坐我旁边吧，我觉得太无聊了。”

我们坐在床边上，她盯着书问：

“这些书里写了什么？”

“故事。”

“关于什么的？”

我不由自主地说：

“关于一些女人，守寡的、被休的、寻找丈夫的。她们坐在家里的门槛上，讲着自己空虚的生活和逝去的爱情。”

“艾麦乐太太，给我讲一个她们的故事吧。我听你讲，听着你的声音睡过去。”

我们躺到床上，我头脑中的天窗敞开了，看到了莎卜莉叶，我对洁曼尔说：

“那你听我讲一个叫莎卜莉叶的女人吧。她爱上了来自另一个氏族的一个男人，那个氏族地位不如她的氏族，男方前来提亲，她家拒绝了。他想再次努力时，莎卜莉叶的堂兄开始威胁他。堂兄爱她，但她却不爱堂兄。当时她年方二十。时间过得很快，她没有嫁给心上人，也没有嫁给堂兄。她拒绝了所有前来提亲的男人，转眼间她四十多岁了。在这段漫长的岁月里，她堂兄和大多数家人已经过世了，而她的心上人早已结婚，有了七个孩子。这么多年以后，她嫁给了心上人，她的故事也口口相传。人们相信，爱情最终会赢得胜利，就像阿拉伯电影中演的那样。

可是，让所有人震惊的是，婚后不到一年，她提出离婚。

“为什么？”

洁曼尔感到纳闷。我似乎看到了女人们围着莎卜莉叶的场景，便说：

“坐在门槛边的女人们也问她这个问题，但她拒绝回答。有一次，她们又把她团团围住，她回答说：

‘他不再是那个我喜欢的、梦想的男人。一上床，他就变了一个人。’

她拒绝再说什么。尽管乌姆·阿德南再三要求，她坚决发誓说：

‘我会把秘密带到坟墓里。’”

洁曼尔说：

“艾麦乐太太，你觉得那是为什么？”

“她的秘密都带去坟墓了，我怎么知道？”

“你呢？”

“我？你什么意思？”

“我想听听你的故事。”

“我的人生没什么值得听的事。”

“每个女人都有故事，除非你不愿谈自己。”

“没错…… 或许是没到时候。”

“说出来吧，艾麦乐太太，没有什么比守口如瓶更揪心痛苦了，等到你把心中的秘密说出来时，就能摆脱烦恼，轻松畅快。”

“洁曼尔，我没有你那样讲故事的天赋。你和门槛边坐着的那些女人们一样，总有办法让别人和你一起哭一起笑。她们每个人都追逐着对男人的幻想，抢着讲讲悲伤不幸，好知道谁过得最伤心。她们生命中的喜悦太少了，小得跟针眼似的，而悲伤却一天天放大。要是她们偶尔能想着填补内心的黑洞，很多痛苦都可以省略了，她们却踏上这条艰难路，很难再退回来了。”

洁曼尔打了个哈欠，我以为她睡着了，便开始回想门槛边女人们的对话，就当洁曼尔还在听，开始讲：

“莎卜莉叶拒绝透露秘密，乌姆·阿德南开始怄气了：

‘你要是不说和跟爱了一辈子的心上人在床上发生了什么，我就去挖你的坟。’

然而莎卜莉叶固执得可怕，法图玛插嘴了：

‘乌姆·阿德南，放过她吧，等哪天她心事多了，就会把秘密一股脑地说出来的。’

乌姆·阿德南没再坚持：

‘说得对，以前我的心跟上了锁的箱子似的。一鼓起来，清理一下，就轻松了。’”

洁曼尔似乎并没睡着，她迷迷糊糊地说：

“看到了吧，我不是和你说过吗？把你心事吐出来，就轻松很多。没什么比心事更沉重的了，它就像压在心口的大石头。”

我没做评论，洁曼尔问我：

“乌姆·阿德南有什么故事吗？”

“她六十多岁了，跟伊朗打仗的头一年，她当时四十五六岁。火箭落在她家房子上时，她不在家，她丈夫死了。没了在政府机关工作的丈夫，乌姆·阿德南就没依没靠了，得对付各种辛苦。她去卖鱼的小摊干活，一回家就洗衣服、晾衣服，冲澡冲掉身上的鱼腥味，那个味道已经成为她身体的一部分。街坊邻居和集市里的小贩们不叫她乌姆·阿德南，都改叫她“卖鱼大妈”。这让她那个正在青春期的儿子觉得尴尬，她只好改卖蔬菜。不管她走到哪里，还是带着一股难闻的气味。儿子阿德南进了一家技校学了电工后，有能力养家了，乌姆·阿德南就不再卖菜了。没几年，阿德南死于科威特战争，她就靠他的抚恤金生活。她的屋子和门槛变得像个避难所，总有那些被生活逼迫、抛弃、压抑着沉重悲伤的女人们。

这一次洁曼尔真的睡着了，把我一个人丢在乌姆·阿德南家的门槛边…… 小时候我在那堆女人间穿来穿去，听她们讲故事。过了几年我听腻了，宁可一个人待着，个子越长越高，很多事都忘了。蚕茧在我周围织着粗线，我却当成丝绸，直到被扔了出去，我才感到刺痛。

如果我承认自己止不住地想念那些门槛，我的骄傲是否由此坍塌？

如果我决定，一回到巴格达，便去那些门槛看看，亲吻残破的边缘，内心的情感是否即刻决堤？也许我会把女人们心中掺杂的沮丧、炽热、幻想和痛苦讲给门槛听。我是否能嗅到乌姆·阿德南身上的鱼腥味，嗅到残留在我母亲记忆中那陈年的爱恋？我是否能读懂法图玛眼神中的忧伤，是否能明了莎卜莉叶心中藏着的秘密？要是我从母亲的衣柜中取出她的婚纱，披在身上，我或许会痛哭一场，我在自己的婚礼上没有穿婚纱——那是一场没人出席的婚礼。

脆弱的时候，我的头脑中闪过一种冲动：把封存的“遗物”向洁曼尔倾诉。它们或许是我虚伪的高傲最后剩下的一点残余，依然压迫控制着我，日日夜夜折磨着我。那几堵墙基石牢固，一直没塌落，我也不希望它们倒下，尽管这些天我和洁曼尔亲近了许多。

我对比了自己和洁曼尔，她比我更和气，更知足。这个女人是黏土做的，而我是脆弱、游离的散沙做的。我总妄自尊大，逃避内心，同时不愿袒露真实的自己。她是用大地泥土揉成的一团，我是泥土裂缝间凸起的土坡，光吸收营养，不结果实；她是代代相传的传说，我是生命之树上即将落下的意外故事；她是记得住过往的女人，我是最终被遗忘的女人。也许，我需要一次奇迹降临，让我抵达内心深处，寻见心灵的指南针——有了它，我将看见我应该看到的一切，没有幻想、隔阂或束缚……我会努力忍住，尽管知道自己会忍不住想要说出口。洁曼尔，我会努力忍住，直到回到我们的巴格达。

七

新的一天向地平线敞开了，预示着安曼春天的到来。大自然向太阳绽开笑颜，黄的、紫的、红的、白的、橙色的花儿装点着树木，然而伊拉克仍如同燃烧的地狱，已经进入第18天了。

联军飞机对巴格达、巴士拉、摩苏尔、卡尔巴拉和济加尔等地目标全面轰炸

英国部队严密包围巴士拉

巴格达市中心与西部及周边遭炮击，伊拉克政府或其残余势力宣布早六点至晚六点宵禁

伊拉克拉希德军营遇袭

美军声明称未来数小时向巴格达挺进

机场战役未见分晓，机场内部及周边部署7000名海军陆战队士兵

巴格达市中心萨阿墩大街落下12枚迫击炮，死伤人数不详

奥委会大楼附近扎尤纳区遭轰炸，曼苏尔区遭连续突

袭

英国坦克进入巴士拉，伊方予以否认；后续图片证实，伊民众走上街头观看英国坦克队列，未做任何反抗

英国部队进入巴士拉数小时后，政府机构遭遇抢劫

美军晚间宣布巴格达机场沦落，首架美军飞机已降落机场。

无声的雨点拍打着我，把我浑身浇透，身处异乡的我弹奏着孤独，让人迷惘的各种故事吞噬着我，我随之迷失在熙熙攘攘的安曼街头。多希望在如潮汹涌的喧闹中抓到一根稻草，载我回到祖祖辈辈生活的热土，回到没有战争的年代。

已是夜里十点，睡眠如同影子，让我一直在追，每次快要够到它时，它就躲闪开了。以前在巴格达时，到了这个时间，我已经躺在柔软的床上了，通常只有我自己。我伸伸懒腰，任由想象漫游在田野上——那里有天马行空的故事，也有尘封在过去、我不愿提起的故事，后者肆无忌惮地在田野上穿行。我想起了贾巴尔的儿子沃萨姆。他长大后，我就没见过他，想起他就像做了一场转瞬即逝的梦，要是按照我母亲最初错误以为的那样，贾巴尔上门是给他儿子提亲的话，那我的命运必然改变。我总想：沃萨姆掀起我的衣服、想要调戏我的那天，我母亲把贾巴尔骂了一通，他一时没找到回击方式，回击虽然晚了点，可是不择手段，他计划跟我结婚，是不是为了加倍报复我母亲？

我在床上翻来覆去，一张看不清细节的面孔出现了，他环抱着我，点燃我身体的渴望。就这样我爱上了一个不认识、也不想认识的男人。暧昧让我痴迷，我喜欢影子，喜欢事物稳定之前的起伏不定；我追逐扑火的飞蛾，手握一抔飞蛾羽翼上掉落的灰烬，进入梦乡……在那里——我柔软的床上。直到一大早，伴着婉转的鸟鸣和窗外飘来的花香，我所有的感官清醒过来，时辰尚早，整个人都心旷神怡。为了打发时间，我尽量读书、听音乐、在花园小道漫步、在鱼池边闲坐。我追逐着自己天马行空的想象，把它放之于大海，随它沉入深海，在珊瑚与贝壳间潜游。

十点钟，我在这儿，在安曼，在之前很多人都睡过的床上，在所谓的“我的床”上，为了摆脱担心与害怕，我开始回忆曾经厌烦的故事——被悲伤折磨透了的母亲日日夜夜地给我讲的那些故事。我仿佛看见母亲从幽冥中来到了这儿，她以惊人的速度向我走来，把我从床上拽起来，带我去那儿，我们一起坐在门槛边。

母亲得意地说，她比那些女伴们对感情更忠诚。尽管还年轻，但她不忘珍藏与父亲的往事，爱火仍在她心里燃烧。也许她知道父亲再也不会回来，但她想保持自己在人们眼中友善、自食其力的形象。只要她愿意，完全可以过上富裕无忧的生活。可她偏执念于等待真主有一天让她和她的男人团聚……她担心自己变成阿巴斯·海叶姆的老婆那样的女人。阿巴斯作为战俘在伊朗被关了十四年，终于回来了——大家都以为他失踪了——回来发现妻子嫁给了他哥哥，于是精神崩溃，变得神志不清。

有一次，莎卜莉叶故意气我母亲说道：

“艾麦乐她妈，我比你还能忍，我一直在等自己爱了 27 年的男人。当我期待的那一刻来临时，我讨厌所有的男人。你要以为穆斯塔法会带着当初的爱情回来，真的是在妄想。”

母亲生气地瞪了她一眼：

“穆斯塔法不一样。”

莎卜莉叶提高了嗓门：

“男人都是一路货色。要是真主让穆斯塔法回来的话，你会记起我说的这些。”

对于莎卜莉叶的经历，母亲毫不留情地反击：

“穆斯塔法可不会背叛。”

莎卜莉叶竭力平静下来：

“我没说他会背叛你，或许他绝对不会那么做，不过灵魂已经毁了。”

母亲略微缓了一口气：

“我会给他修好灵魂的，不让他留下伤疤痕迹。”

母亲没有意识到，她自己的灵魂已经破碎不堪，她的心已经千疮百孔。但她仍然跟很多女人一样，视痛苦如甘饴，把对于永远不回来的男人执着忠贞当作自己还活着的证明。

莎卜莉叶回话的语气中少了对母亲的斥责，多了几分同情：

“真的，姐姐，你需要有人帮你消除忧愁痛苦。”

女人们的脸上愁云遍布，一片沉默，直到被阿巴斯·海叶姆打破。他走着军步，手上提着一双鞋大喊大叫：

“嗯，啊，嗯，啊。”

接着他开始模仿警笛声。乌姆·阿德南从她自家出来，朝我们家门槛的方向走来，她让阿巴斯也过来坐坐。阿巴斯站住，目光呆滞地看着大家。乌姆·阿德南说道：

“我有个好消息要告诉你，过来跟我们坐一会儿吧。”

我母亲捶了她一下：

“别管他，我们可不想要这个祸害。”

乌姆·阿德南回道：

“别害怕，你怀疑得完全没道理。”

她又喊了一次叫阿巴斯过来，他根本不回应，飞速跑出了巷子。乌姆·阿德南回头看了一眼我母亲：

“看见了吧，他要是给政府当差的，早就过来了。”

莎卜莉叶说：

“就算他是政府的人，我们有什么害怕的？我们又有什么能让政府害怕的？我们不过是良家女人，光明正大的。”我母亲有超出五官的特异感觉。自从我父亲失踪后，她就用铁丝网把自己包围起来，对任何男人、哪怕是疯子的居心都感到害怕。按照她的论断，陌生男人要么是想占有女人的身体，要么是在政府机密部门工作，想从女人这里搜集情报。他们有的伪装成疯子、宗教人士，有的伪装成幻术师。失去至亲的女人们前去算命，很快就陷入涌上心头的事情中。

有一次，阿巴斯·海叶姆接受了乌姆·阿德南的邀请，当时一群女人聚在她家门口，阿巴斯走了过来，就像门槛下的灰土。莎卜莉叶先发问了：

“你这么生猛的男人，怎么不结婚？”

乌姆·阿德南高声大笑，然后说道：

“你怎么知道他生猛，啊？”

莎卜莉叶回答：

“大家都这么说……”

说完她也笑了，不过之后没再说话。乌姆·阿德南一再追问，只见阿巴斯来回瞅瞅这两个女人，莫名其妙地开口大笑。莎卜莉叶瞥了阿巴斯一眼，说：

“以后告诉你们。”

乌姆·阿德南瞅着阿巴斯，反复问他莎卜莉叶提起的问题：

“对呀，阿巴斯，为什么不结婚啊？”

他挠挠痒，用上衣袖子擦了擦口水，说道：

“我怎么结啊？”

我母亲想结束这番不对她胃口的谈话：

“你们别管他了吧，等他脑子清醒了，就想结婚了。”

可是莎卜莉叶不肯把话说死：

“去卡斯拉找哈姆丹毛拉吧，他会教你的，结婚不需要理智，而……”

母亲赶紧捂住莎卜莉叶的嘴：

“够了，不要找哈姆丹这个地道的大骗子，你就别管阿巴斯了吧。”

乌姆·阿德南拍拍阿巴斯的肩膀说：

“别听莎卜莉叶的话，你去阿马尔找乌姆·哈姆迪，她有几个疯女儿。”

到了这会儿，我母亲生气地说：

“我女儿在呢，干吗说这些，无聊。”

母亲转过头看看我，叫我进屋去。最后我听见莎卜莉叶说：

“乌姆·阿德南，不行啊，他神志不清。”

每次一提到哈姆丹毛拉，母亲就会发火，说他是大骗子，利用女人们的不幸遭遇和单纯骗取钱财，可能还骗其他东西。

哈姆丹毛拉[①]在卡斯拉区有一处清真寺，很多人前往他家拜访，他的“生意”越做越大。战争期间他有了一些追随者。过了几年他家都容不下大批的顾客了，于是以高价买下了隔壁的屋子，建了一座有两个礼拜厅的清真寺，一处供男人使用，另一处供女人使用。他还有专门安排行程的文员。他的目标对象是商人、企业家、军人以及所有女人，还有穷人，每个月他都会给有需要的人分发补贴。由于旷日持久的战争，人们失去了孩子，安全无从谈起，各种失去与匮乏让人们的身心受到巨大压迫，毛拉就像一扇窗，他的举动就像透过窗的光亮。

据说，哈姆丹毛拉能给人消除病症、治疗不孕不育与残疾、

① 译者注：毛拉，是伊斯兰国家（或地区）中对人的一种敬称。毛拉(Mawla)，是伊斯兰教职称谓，旧译“满拉”、“莫洛”、“毛喇”、“曼拉”。中国的回族穆斯林称“毛拉”为“阿訇”。

找到失踪的人或指明下落，这样他得到了那些女人们发自绝望内心的响应，莎卜莉叶曾说服我母亲登门拜访，说他可能揭开我父亲失踪之谜，或者至少算算他的生死。母亲已经不堪承受祈祷许愿的长夜，做指甲花彩绘、在长官家窗户上系线，在各个教堂里点燃蜡烛等都没能把她的祈祷带到天上。心灰意冷之际，她不得不拜访哈姆丹毛拉。一个周五，母亲没告诉莎卜莉叶，只身去找毛拉。回来时整个人失魂落魄的。大家都以为是毛拉想要调戏她,或者真的调戏她了。因为自从毛拉那儿回来后，她就一直不说话。只要提到这个人，她就会说：

“他就是个大骗子！利用人们的不幸遭遇。”

乌姆·阿德南曾经提醒姑娘们不要单独去拜访毛拉，这让我推测毛拉是调戏了母亲。

最后的期限就要到了，我手头只剩下一丁点钱，最后一件黄金也变卖了，只能换一套便宜点的公寓了。我开始翻阅扔在门口的广告杂志，最终联系上了一位女房东，后来我知道她名叫乌姆·泰希尔。她说的那个地方我不大清楚，便让洁曼尔陪我去。出租车司机载着我们过了好多路岔口，终于到了苏威利哈区。

我离开了特拉阿·艾拉区的高档公寓，来到了一套阴冷的房子，里面一些墙面泛着潮气，家具很破旧。客厅里有两张沙发、一张圆桌、一台电视、一个取暖器、一块深棕色地毯，两间卧室各有一张单人床和一套掉了色的被子，地板上铺着深色地毯……局促的厨房里有一台冰箱、铜制的和塑料制的厨具摆在三个储物柜的金属面板上。

我看了一眼洁曼尔，这时房东站在一旁讲起这座公寓的特点：

“房子安静舒适。你们要是满意的话，我想了解一下几个人住、住多久。”

我不知道说什么，感到颇受打击，洁曼尔很清楚，这套房子和“我的身份”不符，可是眼下状况逼得我不得不接受。洁曼尔说：

“我不知道我和我女儿要待多久，你也知道的，伊拉克在打仗。”

女人回答说：

“真主佑助你们，如果住一个月的话，租金是200第纳尔，租得越久越便宜，要是到了夏天，就得收250第纳尔。”

等我终于找到话可说了，便问女人：

“为什么？”

“夏天是旅游季。”

“这套房子不值这个价，但不过算了，要是换一下床单、枕头，我们还是租下了。”

“那先交定金吧，成交，我叫乌姆·泰希尔。”

回去的路上，洁曼尔一言不发。我知道她在同情我，心想“府邸太太”怎会落到住这种地方的境地。到了特拉阿·艾拉公寓，洁曼尔说：

“对我来说无所谓的，我以前过的就是最难的日子，不管怎么样，艾麦乐太太，你也别在意，不幸总会过去的。我们要不要把住址留给房东，说不定祖海尔会来找我们。”

我绝望地回答：

“我觉得他不会来了，他本应该留个电话号码的，或是通过任何方式联系我们。”

洁曼尔摇摇头，说道：

“他真不该和我们这样断绝联系，太不仗义了。”

我边走去开电视，边告诉她：

“骑士的时代过去了，我们眼下活在悲惨年代。炸弹胡乱落到人们头上，他们还会想什么？”

屏幕上出现了爆炸的火光、被毁的建筑、燃烧的汽车，猛烈的突袭持续不断。记者喊着话告诉我们，巴格达及郊区遭遇轰炸从凌晨持续到现在，美军已闯入三处总统府，此外一支装甲部队已经挺进，准备向伊拉克多个地点发起攻击。

洁曼尔坐在地上，喃喃念诵着《古兰经》经文。

MBC 频道报道伊方新闻部被控制，部长否认；伊方宣布封锁所有桥梁

美国方面称 65 辆坦克已进入巴格达

摩苏尔发生 3 起突袭

巴士拉陷入极度混乱，政府机构遭抢劫焚烧

伊军为阻止美军前进引爆迪亚拉一桥梁

新闻部长电视宣布："我们会让叛徒自食苦果，他们已开始在巴格达围墙上自杀。"

洁曼尔评论道：

"要是你自杀，我会佩服你的。"

快讯如同雨点砸落下来：

摩苏尔轰炸加剧，南部一地遭大火

巴士拉喜来登酒店遭持续掠夺

阿拉比亚电视台驻埃尔比勒记者：驻杜胡克和艾因锡夫尼的伊军向摩苏尔方向撤离

两天巷战后美军控制卡尔巴拉

巴格达发生开战以来最严重大爆炸

巴士拉处于无政府保护状态，大面积真空地带滋生更多抢劫掠夺。同时英国步兵在部分地区巡视，无坦克装备

据阿拉比亚电视台记者哈桑·齐尼报道，数十具伊拉克青年尸体散落在巴士拉街头

巴格达机场监控塔附近发生冲突，巴格达西部南部轰炸持续，位于拉德瓦尼亚的总统府遭不断突袭

伊军从尼纳瓦省法耶德区、古什区撤离

著名的萨阿餐厅后方曼苏尔区遭轰炸，14 人遇难夜幕降临，城市中的一切都黯然消失其中。这是一个飘浮着幽灵的沉重夜晚，与之共同降临的是鲜活亦生锈的回忆，令人痛苦不堪。我逃离了往昔，怎么又召唤它回到我身边？我们之间隔着沙漠、缓冲区和检查站，距离如此遥远，它怎会眨眼间就到达？

起初，往昔化作几缕烟，宣告到来。烟雾很快变浓，成了肆意游动的长蛇，把我拉到一处地方。在那里，一张张面孔将我团团围住，快速无声地从我面前闪过，来不及辨认。接着，长蛇的形态渐渐显现，它拉我坐到破旧的门槛边。小贩的叫卖声、公鸡的啼叫声、孩子的打闹声混杂在一起，把我团团围住。从巷子内边缘破烂的窗户里飘出香料和食材的气味，混杂其中的还有断断续续的哭声、支离破碎的笑声、伤感不已的故事，以及来自灵魂深处的回旋曲。我被那些歌拖曳着，在破碎的音符中尝着前人的辛酸，伤痕累累。

时钟的摆针不肯停歇，漆黑的夜色散落成黑影，追逐着游荡的灵魂。它晃动我的床脚，凝固我脉搏中流淌的血液。我四处逃离，只有苦命的母亲和她女伴们的故事能收容我，让我避难。我坐在中间，听着她们七嘴八舌，又怎样憧憬没有战争的日子，那时男人们不再下落不明。那些憧憬，因为时光沉淀在她们干枯的皮肤下变得过于沉重，很快就蒸发了。

那些诉说着悲伤的故事成了止痛不治痛的药。电视播完了受害者的最新消息，我的脑海中便闪过新一批受害者的画面，她们是坐在门槛边的我母亲、乌姆·阿德南，以及其他苦命女人。那时我还小，乌姆·阿德南在我母亲耳边说一些不想让我听见的悄悄话时，我没有看手里的书，而是竖着耳朵听。母亲像是被刺中了似的打起哆嗦，她拍打着胸脯说：

“我？你说什么呢？”

乌姆·阿德南试着让她平静下来，可无济于事。要不是莎卜莉叶大笑着走过来，她俩就快要吵起来了。法图玛跟在她身后，用手捂住她的嘴不让她笑，乌姆·阿德南问道：

“笑什么呢？”

“阿巴斯·海叶姆向莎卜莉叶求婚了。”

我母亲脸上闪过一丝笑容，很快又凝固了，乌姆·阿德南说道：

“干吗不答应？你不是说他生猛吗？试试呗，你也不吃亏。”

莎卜莉叶带着讽刺语调：

“他就是个疯子。”

乌姆·阿德南环视了大家一圈，说：

“男人们明明都在，不过你们都很失望吧。”

莎卜莉叶立马说：

“你是第一个劝我的，你丈夫死了以后，你怎么不再嫁？那时你还能派得上用场的。”

说完，她又一阵大笑。等她笑完，乌姆·阿德南说：

“我发过誓，除了麦尔尤希，我不在男人面前脱衣服。”

莎卜莉叶眼睛瞪得大大的：

“你在床上脱衣服吗？”

乌姆·阿德南显得很惊讶：

“这很正常啊，难道你们……”

趁着她还没继续往下说，我母亲打住了她：

“乌姆·阿德南，求你别说了。”

母亲转向我，用食指指着我说：

“去，做功课去。”

我撤到还能继续听到对话的地方，不过乌姆·阿德南换了个话题。

“姐妹们，听我说，我家有个亲戚名声清清白白的，老婆死了，没孩子，想结婚。艾麦乐妈妈还是那么倔，我就看看你俩中不中意。”

莎卜莉叶大笑道：

“看来今天是提亲的日子，这喜事最终还靠乌姆·阿德南。”

法图玛接话道：

“别算上我，我这辈子都过去一半了。”

乌姆·阿德南说：

“真的，我就想你们过得好。”

母亲操着干干的嗓音说：

“我们过得挺好的。乌姆·阿德南，别再说了。”

莎卜莉叶又来捣乱：

“真主啊！乌姆·阿德南，除了麦尔尤希，你就没为别的男人心动过吗？”

乌姆·阿德南黯然神伤地答：

“一想起他，我的心就在跳。嫁给他时我还小，之前都没见过他。婚事定下来后，他和他爸妈一起上门。当时我坐在客厅一个角落里，没有抬头看他。他妈妈从口袋里拿出一枚戒指和一串石榴项链，给我戴上项链，不断念叨着：‘以真主的名义，太好了，项链装点你的胸口。’她让麦尔尤希给我戴戒指，但我俩的手一直在抖。汗珠从他的额头滚落下来，还没把戒指套进我的手指。他妈妈一把抓住我的手，催他快点……唉，都是过去的事了。”

莎卜莉叶放声大笑：

“要是他给你戴个戒指都害羞，怎么干‘那个'？”

母亲呵斥她，叫她小点声，继而转身看我。我攥着书，假装什么也没听到，但母亲还是说：

“姑娘，艾麦乐，进屋去。去你房间看书，要么找姑娘们去玩。”

我不听母亲的指令，既不进屋，也不和女生玩，而是插在她们中间，或待在距离合适的地方，保证自己能听到对话。我对故事本身和讲述方式很着迷，把零散的内容捡拾起来，在脑海中加工连成一串。同样吸引我的，还有莎卜莉叶差点断气的笑声。当我母亲讲起我失踪的父亲从没见过自己女儿时，我能感受到乌姆·阿德南的慈爱，她深棕色的眼眸里噙满泪水，抚摸我的头，让我得到一种被呵护的感觉。

有时母亲目光躲闪。我知道她的遭遇，清楚她为什么走神，了解她目光背后的痛楚。我似乎能看见她站在戒备森严的大门口，武装人员配备着机枪和手枪，身着黄褐色军服，头上缠着跟肤色相近的土黄色头巾。母亲一靠近混凝土围墙，他们就厉声呵斥……镜头久久地定格在母亲惶恐不安的脸上。一名士兵走上前，从她手里拿过一张纸，装模作样地瞄了两眼，然后还给她，耸耸肩表示不让进。母亲同他争论起来，执意要进去。他拿枪指着母亲道：

“离远点，要不然……”

母亲的眼睛定住了，一直没眨过，等到莎卜莉叶说话她才回过神来，听见一句：

“啊，你觉得呢？”

母亲因为走神不知如何回答，于是起身说：

“我昨天烤了西瓜子，去给你们拿。”

岁月轮回，我长高了，青春如花儿盛开了。那些荆棘丛生的故事不再炽热，不再让人津津乐道。乌姆·阿德南不再能给予我被呵护的安全感，我也不再对莎卜莉叶的笑声感兴趣，反倒觉得她很蠢。每次母亲提起父亲失踪时她怀上了我的故事，我就如受鞭笞。

母亲，用何种重罚桎梏着我，又在无意间为我刻画了何种命运？

已经是后半夜了，脑海中编织着的纺纱令我无法入眠。我在纺纱的灰烬上缩成一团，沉在粘黏在一起的纺线里，寻找刺鼻的气味、尖锐的笑声，或一个男人在一个女人子宫里播种后便从此永远消失的故事……画面淡去，光黯淡下来，脑海中的屏幕告诉我电影情节仍在继续。

八

搬到苏威利哈东区后，我灵魂中很多东西都粉碎了。虽然已是春天，却仍寒冷难耐。乌姆·泰希尔换的被子还不如之前的好，水压很弱，我和洁曼尔共用的唯一一个卫生间小得可怜，各种各样的声音从其他套间里传来，就好像是从自己屋里发出似的。卖蔬菜的小贩开着货车到处游走，车上喇叭响个不停，整个白天没有任何片刻安宁。

夜晚带着层层幽暗，敲打着我的脑袋，我神经紧绷，一丁点动静都会让我浑身战栗，简直像被恶狗突袭、被鬼魂攻击了一样……黑暗中，电视机中的那些面孔涌现出来，镜头离得太近，侵犯了死者的尊严。他们的脸血肉模糊，睁着的眼睛里有上千个问号，都没找到答案。画面只呈现了短短几分钟，但它们深深扎在了我的脑海，接着开始挖掘，并敲打里面紧锁的抽屉，想在脑海深处找一片容身之所。尽管我掌握着它们的生死大权，却被它们团团围住，差点背过气去。我想喊洁曼尔过来，不过忍住了。昨天我察觉她病了，虽说她没提过哪儿不舒服，但脸色比以前更苍白。一旦胡思乱想她可能在这儿去世，我就吓得不行，该怎么办？我感到喉咙发干，起身喝了杯水。洁曼尔卧室的门敞着，她已经睡着了，客厅里的光线投照在她瘦削的身子上。我刚准备回床上，耳边传来她虚弱的声音：

“艾麦乐太太，你醒了？”

“洁曼尔，我没睡，没法合眼。”

她起身，坐在床上，凌晨两点十五分：

“我也是，关节疼。”

“明天我带你去看医生。”

“艾麦乐太太，真主才是医生。我们经历的事真不少。”

“快睡吧…… 我也赶紧着睡。”

来这儿之后，我跟睡眠就成了矛盾双方了。我用故事哄着自己睡，但很少能如愿以偿。大多时候睡眠战胜我，让我睡不着。这个夜晚，又没法战胜它，我辗转难眠，所有的感官都在不似恐惧的恐惧中保持着清醒，那是对未知的未来产生的莫名恐惧。一种奇怪的感觉冲击着我，我想象自己在巴格达家中的床上醒来，发现发生的一切只是一场沉重的噩梦，就连我和贾巴尔的婚姻也不过是不安夜晚里的一场梦，同其他的梦一样化作乌有；又或者是我读了太多小说，于是想象力同内心串通一气，捏造了一个噩梦般的幻想世界。就这样，一切都回到最初的模样，我母亲也还在世，她走到我跟前，发现看我正沉迷于小说，我们进行了一次很久以前就发生过的对话：

“看这些不现实的小说，真是又浪费时间，又伤眼睛。”

“妈妈，这就是现实。”

“是吗？那你看的小说里怎么讲失踪的人，我们怎样才能找到他们？”

我有些不耐烦，想朝她吼：我不是在寻找幻想，失踪了二十多年的人肯定已经成了死鬼……不过我没忍住了没说出口，怕再增添她心里的伤口，便转而说：

“我不读书那干什么呢？”

“做功课。”

“功课都做完了，都背了。”

“我很奇怪了，你这个年纪怎么没有好朋友。”

“妈妈，友情没让我觉得舒服。”

她走出房间，我听到她说：这姑娘真奇怪。这时，莎卜莉叶拿着一盘樱桃来到我家。母亲对她说：

“艾麦乐不爱说话，老一个人待着，我担心啊。”

莎卜莉叶回答说：

“随她吧，她就这性格，现在时代不同了。”

母亲说：

“还不如从前。”

绝对不是，我经历的一切根本不是噩梦，或者美梦。现在，我感受自己的身体，触摸着手指，重拾深藏的回忆。我知道母亲处于昏暗的坟墓里，而我活在错误的时代里，白白耗费着生命。

母亲曾经担心我看小说浪费时间，贾巴尔却让我一直沉迷其中，好打发更多的时间，这样我心怀宽广地接受“囚牢”和他长时间不在我身边。他想起来放我出去时，就把我扔到国外，我是不是可以拒绝，提议回法图玛住着的娘家？他会不会大发雷霆，逼着我出国？我当初为什么不动动脑子，说做就做呢？

我不知道什么时候睡了过去，等醒来时，床的一半都洒满了阳光。我听见洁曼尔沉重的脚步声，透过窗户望向一座座老旧的房子，还发现有一小块地方堆满了废铁、塑料、木块、电线等各种垃圾，让人不想直视。客厅的窗户是唯一一扇视野开阔、能看到天空的窗户。当我的目光越过破旧的建筑，所及之处矗立着高山，更加现代化的房屋从山顶绵延至广袤的山脚。

“睡得好吗？”

洁曼尔边倒茶边问。我说：

“还好，你的关节怎么样，好点了么？”

“艾麦乐太太，我的痛在心里，真的觉得自己命苦。”

“别这么想。”

她推过来一个盘子，上面摆了四块三角形奶酪。我们沉默了几分钟，一个问题忽地敲击了我的心墙，如同巨石坠落在松软的地上：

“艾麦乐太太，你家人在哪里啊？我没见谁来府邸看过你。”

我认为我们当时在巴格达时她不会有胆子问这样的问题，我们之间曾隔着难以逾越的高墙。既然她问了，我就必须回答。还没开口，我已经随着我的心坠入无边汪洋，我问自己：是啊，我家人在哪里？为了不让她深究其他更令我痛苦的问题，我回答说：

“我之前跟你说过，我爸在打仗时失踪了，我妈妈突然去世的，她晚上睡着了，第二天早上没能醒来。我是独生女，没有兄弟姐妹，我爸的兄弟们都在阿联酋，在那边做大生意。”

我在撒谎，从贾巴尔那儿学到的新经验，用说谎保护自己，发现它是最好的拯救手段。像我这种情况，不方便讲出事实，我倚靠着已经不足以将我和洁曼尔隔开的残墙断壁，祈求它不要一下子崩塌，没准我们还要回到巴格达，主人继续发号施令，仆人接着毕恭毕敬地听候。

“你怎么不联系你叔叔们？”

就像曾经面对过这个问题一样，我以始料未及的反应速度地说：

“电话簿留在巴格达了，我没想到事情糟糕到这个地步。”

洁曼尔叹了口气，开始反复念叨：

“巴格达，我的心在巴格达。”

战后第二十天，巴格达变成了一座真正的火狱。关于它的新闻盖过了其他城市，突袭事件从清晨持续到晚上。

规划部大楼遭轰炸，高楼层被纵火

美军坦克穿过共和国大桥与斯纳克大桥

半岛电视台办事处遭轰炸，记者塔里格·艾尤布受伤，另有两名儿童死亡

阿布扎比电视台办事处遭轰炸，工作人员发出求救

巴格达市中心发生坦克战

巴格达东部遭猛烈轰炸

医院及其冷库已无力容纳死伤人员

电视广播信号接连中断

数架飞机攻击拉希德军营和共和国卫队驻地

新闻媒体人士下榻的巴勒斯坦酒店遭轰炸，两名路透社记者受伤

半岛电视台记者塔里格·艾尤布殉职

数架阿帕奇直升机在巴格达上空盘旋

规划部遭新一轮轰炸

共和国宫遭多起突袭

一名西班牙记者身亡，记者们在巴勒斯坦酒店前燃烛纪念多名遇难记者，自战争爆发已有十名记者遇难

美军坦克在巴格达市中心掌握主动权

我突然感到一阵胃疼，洁曼尔赶紧跑去煮了一壶甘菊茶，一个劲儿地唠叨：

“这个对胃好，驱寒的。”

“洁曼尔，要是这些日子没有你，我都不知道该怎么活。”

“仗打起来了，我们要是在巴格达，也不会这么亲近，等我们回去了，还能这样吗？”

“当然。”

洁曼尔双眸中闪过一丝光亮，好像在默默感谢战争，将天平调转，拨向了朝她有利的方向，不过我不再介意，至少在生命中这段动荡的日子里不会介意，没有了曾经让我依靠的男人，不知道怎样结束这一切。

有关贾巴尔的若干问题困扰着我，让我心神不安：发生了这么多事，他现在哪里？美军攻进了巴格达市中心，切断了城市命脉，他在做什么？藏在哪里？他是负隅顽抗，还是弃械投降，放弃拯救他本可以拯救的一切？唯一的船长不再发号施令，在丢失指南针后消失了，于是国家这艘大船沉没了。汹涌的海浪把伊拉克推到风口浪尖，没人知道之后会发生什么。如果贾巴尔还活着，什么也做不了，他是拱手而降，还是拿出他总统口

中的“男子气概”，再赌一把？或者说他已受够了这些口号，明白它们毫无用处？

这些问题被我咀嚼了一遍，还附加了一些新的，我真想一把火烧了压在心头的这一切。

那个成熟老练的军人躲在何处？从某种意义上说，执行上级命令的他是不是扮演着刽子手的角色？还是说他只不过是某人的牺牲品，那人在日历错误的时间里颠覆了民众命运，正如我母亲说的：痴迷于战争。

刽子手和牺牲品之间不是相差甚远吗？那个距离里，不是有那些用艺术和创作装点生活，并思考如何创造美好世界的人群吗？或者说，那个距离被战争法则打破，逐渐收缩直至消失？

听到洁曼尔说话，我缓过神来：

“跟以前打科威特不同了，这一次美国看样子是有计划的。”

“什么意思？”

“它要消除伊拉克人的心头大患。”

“为什么他们不自己动手？”

“做不到，很多努力后来都暴露了，到处都是政府间谍。贾巴尔没告诉你那时发生了什么吗？”

“我们从来不谈政治。”

“你经常想他吗？”

“肯定了，他难道不是我丈夫，我还要靠他生活的。”

“真主让他摆脱危险，真的，艾麦乐太太啊，我每次礼拜都会为他祈祷。”

每天一到深夜，我的脑海中就浮现出门槛边女人们的故事和斑驳的门槛，它们是我面对现状唯一的后盾。说来奇怪，我过去从没像现在一样在意那些门槛，也从未如此清晰地看过它们。女人们纷纷聚过来，一人从家里托着茶盘或瓜子盘来了。她们要么重复一样的话，要么说些新内容，要么聊起尘封在内心深处的故事。故事没有太多变化，除非有什么事情改变了聊天轨迹，或者打断了聊天过程。事情一结束，又继续讲，还会有些新补充或新发现。

一天早晨，讲老故事的套路变了，取而代之的是一个新故事，女人们极为夸张地讲起一个新故事：在穆赫塔尔家附近发现了一具无头女尸，被毯子包裹着，没人能辨认。街坊邻居一致认为，这个女人不是我们街区的，也不是周边的。警察赶来了，在事发地点拉上了警戒线，进行了多次验尸，并盘问了多名户主店主，没找到犯罪线索。接下来好多天，闹得沸沸扬扬的，有各种猜测看法：有的同情遇害女人，认为她遭遇背叛；有的觉得她一定犯了什么错，罪有应得；也有的猜测这是安全机构一手策划的。那时坊间流传着这样的说法：其父亲或兄长属于反对派的女人就会被杀。在这样的情况下女人被杀就是给死者家人发出警告。

不管事出何因，遇害事件成了女人们聚在门槛边的谈资。法图玛心里很害怕，她的二儿子可是犯了罪的。一段时间过后，人们渐渐淡忘了这件事。一天下午女人们在一起互吐苦水。一名陌生男子路过巷子，满脸茫然地望着各家大门，似乎在找哪户人家。他不是街坊邻居，大家都不认识他，这引起了乌姆·阿德南的好奇。她眯起眼睛看着这位男人，接着招呼他：

“大哥，你找谁啊？”

我母亲斥责她：

“我们都不知道他要做什么。”

乌姆·阿德南压根不顾我母亲，那个男人走近说：

“我找穆赫塔尔家。”

莎卜莉叶抢先说：

“他家在党支部大楼后面第二排。”

男人向她道谢，走出了巷子。女人们齐刷刷地目送他，我母亲说：

“他在撒谎。”

法图玛表示赞同：

“肯定的。”

乌姆·阿德南表示反对：

“他为什么要撒谎？”

我母亲答道：

“他属于他们的人，没准带着窃听设备，你们没看见他走得很慢，一直在靠近我们？”

莎卜莉叶说：

“照你说的，他能得到什么？我们女人跟“他们”没什么关系。”

母亲说：

“政府的人什么都怕，也怕女人的。”

乌姆·阿德南挥了挥起手，喝道：

“行了，他就是路过，打听穆赫塔尔家。我们靠着瞎猜给他整个故事？”

她来回瞅着我母亲和法图玛，说道：

“干吗这么担心？我们有人给反对派做事吗？”

我母亲忍住怒气，没搭理她。法图玛开口说：

“反对派在哪儿？我们只听说过，什么都不知道。”

莎卜莉叶放声大笑，嘲讽道：

“你要是知道了，知道它在哪儿，会为它做事吗？”

法图玛即刻回答：

“它要是能把我儿子还给我，我就去。”

乌姆·阿德南说道：

“只有真主能让腐朽的骨头复活。”

“骨头？！”

法图玛哽咽了，双眼噙满泪水，似乎忘了人死后会变成尸骨。跟两个孩子分离的这些年，她相信他们在天上某个地方活着，衣冠楚楚朝气蓬勃。总有一天她会和他们相见。然而乌姆·阿德南却提醒她，他们已经化成了一堆骨头。这对她来说，实在太过沉重。

哪个女人都劝不住法图玛的号啕大哭。她把大袍往身上一裹，恸哭着离开了门槛。

九

过去两天里，洁曼尔的身体状况不断恶化。回巴格达不是她的决定，是我的。不过我没有直接说，而是委婉地问她。她开口说：

“现在有回去的机会了。新闻里说，边境开了，进伊拉克的人比出的人多，艾麦乐太太，你觉得呢？”

“要是真像你说的，我们就该做准备了。不管那边情况怎么样，我们一定能找到出路的。”

“一切都结束了。”

洁曼尔说着，好像经过了漫长等待，终于找到了遗失的东西。

是的，一切都结束了。美军坦克开进伊拉克，控制了巴格达和大多数城市，伊拉克部队蒸发了。人们带着震惊、好奇和难以置信的心情走上街欢呼喝彩，但又疑惧、困惑、担心接下来会发生什么呢——那是一种难以形容的状态，各种特征都不确定，它掺杂着久违的喜悦、喷薄的情感、对未来的恐惧和难以言状的混乱。

第 21 天，4 月 9 号。很多人都没有料到，新闻以如此惊人的速度就进入了最后的回合。混乱的一天过去了，巴格达迎来一个平静的夜晚。一根火柴点燃了一堆草垛，巴士拉一家银行多次遭窃，喜来登酒店被洗劫后惨遭纵火、化为灰烬，紧接着的是大规模的屠杀……此时的巴格达是另一码事了。

武装人员从巴格达撤离

政府设施不断被洗劫

联合国办事处遭洗劫

各国记者害怕被盗，收拾设备准备撤离

军事基地遭洗劫

出逃平民的房屋未能幸免，遭盗窃团伙洗劫

巴格达发生大爆炸，疑似武器库被炸引起，此后多起爆炸

巴格达部分地区遭炮击，人们在巴勒斯坦酒店前为记者塔里格·艾尤布祈祷

阿布扎比电视台办事处附近发生激战

美军坦克出现在解放广场

广播电视大楼被控制

美军展开摧毁总统雕像行动，由于数量多，摧毁行动仍未结束

美军坦克进驻巴勒斯坦酒店西广场

海军陆战部队控制特工总部

巴格达长街上尸体遍布

海军陆战部队进入天堂广场，众多民众满心欢喜地等待着

6米高的巨型雕像被推倒，有些人尝试用斧头砍大理石基座，雕像纹丝不动。两名美国士兵爬上去，用绳子套住雕像脖子使劲拉。过了好久雕像没倒，绳子反倒断了。他们又换上结实的铁丝，用坦克牵引，雕像还是没倒。最后他们动用起重机继续拉拽，推倒雕像花的时间似乎比推翻总统本人花的时间还要长。随着坦克后退，起重臂越拉越高，呼声高涨。几小时后雕像头部开始倾斜，金属制身躯慢慢地跟基座分离……雕像终于轰然倒地，头部还套在绑脖子的绳索里。人们想把地面夷平，可雕像双脚仍留在基座上。

洁曼尔感叹道：

"你看，就连他的雕像都不想下台。"

各国领导民众持续关注伊局势，对政权倒台、伊军失踪、共和国卫队解散深感震惊

五百万人口的巴格达相比四万人口的巴士拉乌姆盖斯尔，抵御能力并无优势

红十字军暂停在巴格达行动

枪炮武器被弃路边，弹药散乱，居民区尸体遍布

共和国卫队坦克车辆被弃街上

就这样，三十五年的统治在短短几个小时内终结了……那天我彻夜未眠，强撑着看完了所有快讯。蛮横的掠夺洗劫在中心集市、穆斯坦西里亚大学、电力线路、奥委会、石油部、教育部、农业部、贸易部和卫生部等等不断发生；排列整齐的卡车汽车满载的货物都成了洗劫对象；安检措施从未这么松懈过，

美军根本不管；民政厅、产业联合会被盗，医院里的药品、医疗器材、床铺、官员军人平民的房屋、法国商贸中心、德国使馆等纷纷遭盗窃。精神病医院大门打开了，病人蜂拥而出，涌上巴格达街头，1991 年的场景再次上演。

就这样，困在灵魂之瓶中的魔鬼被放了出来。只要没有管制，他们就会常年偷东西搞破坏。一幅超现实主义的画板每分钟都被添上诡异的线条，人们从各个角落里奔向已探明的秘密通道，寻找失踪多年的亲人。

盗窃依旧猖獗，所有人都在偷最值钱的东西。奇怪的是，一个人满心欢喜地偷了一户人家的马桶。洁曼尔笑得手都发抖了：

“他家难道就没有茅坑了吗？”

她看着小偷拿走其他的家具和电器，没有发表意见，似乎认为：局势的确变了，穷人应该享受从富人那儿被偷走的一切。

洁曼尔希望第二天早晨动身，我赶紧去了趟市中心，在进旅行社前，顺路逛了沙巴苏哈街的珠宝市场，卖掉了镶钻婚戒。旅行社门口挤满了伊拉克人，有的笑逐颜开，有的愁眉苦脸。其中一个人恳求一名商务车司机：

“真的，要是我有足够的钱，就不着急了。”

司机回道：

“路上不安全，我们不知道会发生什么，这是拿命在赌。”

他再次恳求道：

“真主使你长寿。”

一个小伙子正劝他母亲不要回去：

“你不知道会发生什么。”

他母亲固执己见：

“你也不知道。”

我以双倍价格租了一辆车。第二天一早我就和洁曼尔、司机一起启程了。沙漠行程充满着各种可能，没准被困，没准被杀，最终没准能抵达巴格达，但我们已经不是巴格达人了。我没有细想。

许多错杂的图像在我脑海中交织，像看不见的分子一样，以惊人的速度互相碰撞。它们既互相靠近又彼此远离，既模糊又清晰，亦近亦远的图像在交错的时间里收缩、放大彼此距离。它们匆匆扫过苍白的面孔、支离破碎的故事、残缺的门槛、生锈的阳台、战时军营、吱呀作响的屋门和乘风破浪的巨轮，于是我们滑落深海……洪流奔腾不止，形成的洪水将我淹没。我孤身一人，不想寻找能抓住的稻草……当想起那位偷走我的家庭史、惹我生气的女作家，我不禁自嘲。要是她在世，看到国家盗窃猖獗，她会写些什么？她是否会站在偷盗者一边？因为他们已经忍无可忍，饱受贫穷折磨和战争侵蚀，然后踏上这条路，弥补被剥夺的岁月。

汽车在没有指针的时光边缘行走，在大地横行。司机一直沉默不言，偶尔说几句关于路况的话。我任由想象在脑海里驰骋，幻想与现实交织在一起。有一张面孔透过窗户玻璃看着我，我不会看错，那张脸上写满了担忧，暗中守护着我——那是我母亲。

接着府邸大门浮现在我脑海，那里曾是我的府邸。被洗劫一空之后，大火又蔓延而过，我甚至清楚地看到盗贼们的身影，听到他们的欢呼，看见他们把值钱的东西塞满汽车。然而我对这一切毫无感觉，想着一个坐在门槛边讲述过去的女人，想起她讲有关一个男人的故事，男人在国家战乱期间没了音讯，她一直深爱着他。这时洁曼尔走出来，愤愤地说别坐着了，进屋吧，日子还是要过下去的。一进屋，等着我的是编扫把和席子用的枣椰树叶。我默不作声地编着，洁曼尔去午睡了……

“奇怪了！”

我脑海中联翩的浮想被司机嚷嚷声打断了，他说道：

“这国家也太奇怪了，不要签证，没有检查站，这像话吗？”

我转头看向无边无际的沙漠，我们和其他车都驶离了公路，尘土从汽车底部飞扬起来。尽管窗户关得很严实，我还是能闻到灰尘的味道，难道因为沉寂的灰尘从我灵魂的荒漠中启程，填补着灵魂的空白？

因为生病，洁曼尔的声音有些微弱。她时不时问司机：

“还要多久？”

司机一说完，她倒头就睡：

“还要很长时间。”

走了一半多的路程，我们又驶回公路，远远地看到很多辆美军坦克。我们在检查站处被拦下，前面有三辆车。一位乘客下了车，走向美军士兵。经过几分钟的交谈，他开心地走回来，朝我们挥手喊道：

“继续赶路吧。”

当冒着黑烟、残留着战争废墟的巴格达郊区映入眼帘，司机说：

“我们到了。”

洁曼尔像是病好了或是根本没病似的，说话声不再有气无力。她从座位上站起身，大声说：

“赞美真主！”

巴格达笼罩在厚重的灰暗中：战壕里石油被点燃、建筑物被焚烧、砸烂了的车被丢弃荒野、飞机在空中盘旋、烟味扑鼻而来、火灾没有灭掉的迹象，尸体残骸已经腐烂、讲故事的那些人都已经不在。我把目睹的一切都记在脑海里，或许在枪林弹雨、尸横遍野的日子里用得着……我自问：

接下来会发生什么？等待着我的是怎样的命运？

我无法抑制自己的想象，一幅幅画面又一次浮现在脑海中：贾巴尔惊恐的面孔纠缠着我，我感到自己站在他的头颅旁，头颅已被从身体上砍下来了。这场景就像是有一天伊尔莎·苏米拉姿站着看卡瓦金·穆尔耶塔的头颅，但我不确定自己是否会跟她说一样的话：现在我自由了。

我的面前是武器橱柜，挂着羚羊头和猎鹰标本。在它们落入小偷之手前，我听到自己在呐喊：一把把利剑啊，你们砍断了多少头颅？一把把刺刀啊，你们刺穿了多少心脏？你的刀刃割断了多少命脉？多少？就像贾巴尔察觉到我看它们时很害怕，还告诉我，武器被造出来不是个摆设。

驻守在我脑海里的"导演"仍然有许多要播放的，突然间他擅自按下播放键，快速跳跃过了很多场景，未经我同意便结束了电影。其中有一幕，我看见自己坐在母亲家的门槛边，门槛空荡荡的，只有我一人，对着想象中的女人们讲述我的故事，而她们在编织悲伤的纺织机上织着她们的故事。

哈迪娅·侯赛因

2009 年 6 月 30 日

完稿于安曼